신작로

신작로

초판 1쇄 발행 | 2025년 12월 24일

지은이 | 김재희
펴낸이 | 박영욱
펴낸곳 | 북오션

주 소 | 서울시 마포구 월드컵로 14길 62 북오션빌딩
이메일 | bookocean@naver.com
네이버블로그 | blog.naver.com/bookocean_rabbit
페이스북 | facebook.com/bookocean.book
인스타그램1 | instagram.com/bookocean777
인스타그램2 | instagram.com/supr_lady_2008
X | x.com/b00k_0cean
틱톡 | www.tiktok.com/@book_ocean17
유튜브 | 쏠쏠TV·쏠쏠라이프TV
전 화 | 편집문의: 02-325-9172 영업문의: 02-322-6709
팩 스 | 02-3143-3964

출판신고번호 | 제 2007-000197호

ISBN 978-89-6799-917-9 (03810)

ⓒⓈ 아스라한 첫사랑의 싱그러운 추억 Ⓢⓒ

신작로

김재희 장편소설

📖
북오션

‖ 등장인물 소개 ‖

서동민(7~50세)

서울의 좁은 집에서 아버지의 영정 사진과 마주하며 유년기를 보낸 소년. 무서움과 외로움 속에서 시골 외갓집으로 내려가며 인생의 전환점을 맞는다. 그곳에서 만난 강운영에게 처음으로 사랑과 설렘을 배운다. 운영이 미국으로 떠난 후 이루지 못한 사랑을 간직한 채, 문학의 길을 걸어 출판사 대표가 된다. 프랑크푸르트도서전에서 소설가가 된 운영을 다시 만나며 시간을 초월한 감정과 마주한다.

강운영(11~50세)

도시에서 시골로 전학 온 전학생. 단정하고 내성적인 소녀. 동민의 도움으로 친구가 되고, 그와 함께 복숭아밭과 숲길을 걷는다. 동민이 떠난 뒤에도 펜팔과 교환일기로 마음을 나누지만, 가정 형편과 결혼, 이민 등으로 결국 사랑을 놓는다. 성인이 되어 작가가 된 뒤 프랑크푸르트에서 동민을 다시 만나고, 운명처럼 또다시 교차한다.

임순정(8~50세)

은향초등학교 최고의 미인. 동민을 오래 짝사랑하지만, 그 마음이 강운영에게 향하고 있음을 안다. 묵묵히 동민을 지지하며 그의 곁을 지킨다. 훗날 운영과 동민이 다시 만날 수 있도록 연결해주는 매개자가 된다.

문남경(8~50세)

활발하고 유쾌한 동민의 친구. 순정을 좋아하지만, 순정의 마음이 다른 곳에 있음을 깨닫고 물러선다. 서울에서 동민, 순정과 함께 청춘을 보내며, 삶의 무게 속에서도 유쾌함을 잃지 않는 조력자 역할을 한다.

김미자(28~70세)

동민의 어머니. 집안 반대를 무릅쓰고 결혼했지만 남편을 병으로 잃는다. 홀로 생계를 책임지며 봉제공장에서 일한다. 자신의 고단한 인생을 되풀이하지 않게 하려 동민의 첫사랑을 극렬히 반대하지만, 결국에는 아들의 선택을 이해하게 된다.

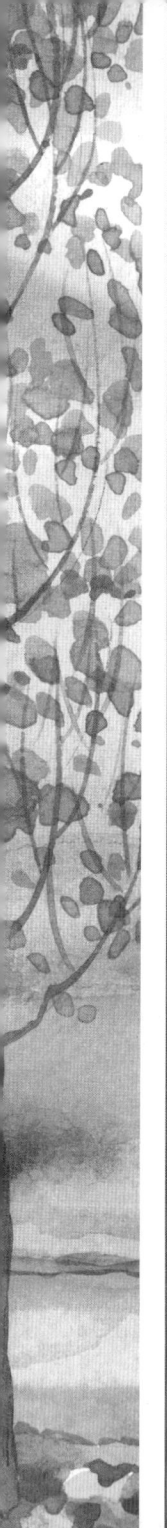

차례

등장인물 소개
4

아버지의 영정 사진,
'기다린 날도 지워질 날도'

동민은 오늘도 차려둔 밥상을 보지 않았다. 손에는 연필과 종이가 쥐어져 있지만 그림을 그리지 않았다.

방이 어두웠지만, 일곱 살 동민은 커튼을 열고 창문을 열 엄두가 나지 않았다.

안방에 놓인 아버지의 영정 사진이 무서웠다. 아침에 일어나면 엄마는 봉제 공장에 출근하고 동민은 홀로 남아 하루를 보낸다.

엄마는 저녁 7시면 집에 오지만, 잔업이 많으면 밤늦게 돌아왔다. 동민은 그럴 때면 아랫목에 묻어둔 고구마나 감자를 찾아서 저녁으로 때웠다. 보리차가 담긴 주전자에 입을 대고 조금씩 먹으면서 거실에서 딱지도 치고 공기놀이도 했다.

암으로 돌아가신 아버지는 병명을 진단받기 전부터 늘 수척하셨다. 일을 조금 하시다가도 방에 몸져누우셨다.

언젠가 엄마는 이렇게 말했다.

"에휴, 어른들 말씀 안 들어 벌 받아 이런다니? 내 팔자가 왜 이런다니. 느이 아버지는 언제 건강해진다니…"

푸념처럼 이어지는 말속에서 동민은 외가와 엄마의 사이를 어렴풋이 짐작할 뿐이었다.

외가가 있는 정암면 은향리 도자마을은 다른 이름으로 복숭아 마을로 불렸다. 도자(桃子)가 복숭아라는 뜻이기도 했다. 동민은 어릴 적부터 자주 외가에 맡겨졌다.

4월에 복숭아꽃이 온 동네에 분홍색으로 피면 마을 사람들도 마음이 들떴다. 여름에 탐스러운 복숭아를 수확하는 계절에 외할머니는 일꾼들을 부려서 복숭아를 따고 정성스레 상자에 하나하나 포장해서 서울로 보냈다. 마을에 초가들이 대부분이었지만 동민의 외할머니댁은 유일한 기와집이었고, 일꾼 수십을 부리는 집이었다. 외할아버지는 부자에다가 씀씀이도 크고 부인 여럿을 거느리셨다지만, 동민은 외할아버지가 돌아가시고 태어나 얼굴을 뵙지 못했다. 사진 속의 외할아버지는 갸름한 얼굴에 인자한 얼굴이었다.

동민은 어릴 적 외가에 잠깐씩 맡겨졌을 때 늘 눈치를 보았다. 사촌들도 눈치를 줬지만, 가장 눈칫밥을 많이 준 사람은 바로 외할머니였다.

"네가 그럼, 그렇지. 집안에서 반대하는 결혼을 했을 때부터 이럴 줄 알았다."

동민의 엄마는 외할머니한테 종종 혼이 났다.

동민도 고사리손으로 사기그릇을 놓쳐서 깼을 때도, 사촌들 어깨너머로 한문을 배우고 쓸 때도 늘 혼이 났다.

동민은 어렸지만, 모든 걸 알고 있었다. 엄마는 수학 선생님과 혼담이 오가던 와중에 집안에서 반대하던 아빠와 결혼했다. 소작농의 아들인 아빠를 외할머니가 받아들이지 않았다. 듣기로는 도망치듯이 서울로 간 엄마를 외삼촌이 세 번이나 찾아가 회유했지만, 엄마는 꿋꿋하게 아빠와 살며 동민과 동생 수민이를 낳았다고 했다.

큰이모가 반대하는 결혼을 하려다가 마음을 고쳐먹고 어른들 말을 들어서 잘 사는 것과 반대되는 상황이었다.

게다가 외할머니는 누누이 엄마에게 반대하는 결혼은 불가하다

라고 말하면서 월사금을 댔는데, 야반도주해 서울서 살림을 차렸
으니 더욱 괘씸했던 것이다.

그때 외할머니가 용하다는 무당을 찾아가 점을 보았는데 둘이
살아 10년도 못 가서 남편 쪽이 죽을 거라는 험한 말을 들었다고
했다. 점이 맞았는지 지금 아버지는 돌아가시고 엄마는 종일 일하
고 번 돈으로 가계를 이끌어나갔다.

반면 집안의 말을 듣고 마음을 고쳐 외할머니가 원하는 신랑감
과 결혼한 큰이모는 지금 전자제품 대리점을 차려서 떵떵거리면서
잘살고 있었다. 동민이는 아버지는 돌아가시고 엄마는 공장에서
종일 죽도록 일하게 된 게 꼭 외할머니의 지엄한 명을 어겨서인 것
같았다.

이런저런 생각으로 동민은 하루를 보냈다. 그러던 어느 날 엄마
에게 졸랐다.

"엄마, 나 수민이 있는 시골로 보내주세요."

외할머니가 무섭기는 해도 이모랑 삼촌이 있는 은향리 도자마을
은 그래도 세 살 터울의 동생도 맡겨져 있고, 거기는 지천이 자연이
라서 뛰어놀 곳이 있었다. 지금처럼 집에 갇혀서 아버지의 영정 사
진을 두려움으로 쳐다보지 않아도 되었다. 그곳에서는 마음껏 놀

수 있었다.

김미자는 차분하게 물었다.

"왜 외갓집에 가고 싶으냐?"

동민은 차마 아버지 사진이 무섭다는 말은 입에서 떨어지지 않았다. 그러면 엄마가 슬퍼할 것만 같았다.

"동생이 심심할까 봐요. 제가 지켜주고 싶어요."

김미자는 한숨을 푹 쉬고 방으로 들어가 누웠다. 저녁에 온몸이 피로에 절어 들어오는 그녀는 동민의 밥만 차려주고는 그대로 아랫목에 가서 드러누웠다.

동민의 말에 마음이 복잡했다.

며칠 후, 외갓집에 연락이 닿았는지 동민은 가방에 옷가지와 소지품을 넣고 엄마와 버스 터미널로 향했다. 엄마는 머리에 큰 보따리를 이고 동민은 엄마가 든 가방을 붙잡았다.

버스를 타고 시골로 가는 내내 모자는 말없이 창밖을 보거나 잠들거나 했다.

은향리 근처 터미널에서 시내버스로 갈아타고 도자마을로 들어가면서 김미자는 눈시울이 붉어진 채 동민의 손을 움켜쥐었다.

"내년에 초등학교에 들어가니까 꼭 수민이와 서울로 오자. 엄마가 자리 잡아놓을게."

"응, 엄마."

김미자는 동민의 주먹을 꽉 잡았다.

"혹시 네게 서운한 일이 있어도 참아야 한다. 다 사촌 형들이고 누나들이잖니. 누가 뭐라 해도 참아야 한다. 할머니가 무섭더라도 꾹 참아야 한다."

동민은 고개를 끄덕였다. 지금 마음 같아서는 무서움보다는 설움이 나을 것 같았다. 종일 아무도 없는 방에 갇혀서 지내는 것은 정말 무서웠다. 집을 나서면 길을 잃는다고 아예 나가지도 못하게 했으니까.

버스는 덜컹거리면서 달려갔다. 동민은 동생을 볼 생각에 마음이 설레면서도 외할머니를 생각하면 두려운 마음이 들었다. 어느덧 버스는 도자마을에 천천히 접어들고 있었다. 꽃망울이 맺힌 복숭아나무로 길옆의 땅들이 가득 메워져 있었다. 과수원은 다음 달이면 꽃 천지가 될 것이다. 수민이랑 뛰어놀다 보면 하루가 갈 것이다. 그리고 서당에 가서 어깨너머로 훈장님 수업을 듣다 보면 하루가 갈 것이다.

어린 동민의 마음에는 이미 복숭아꽃이 피어나고 있었다. 버스 정류장에서 내렸다.

저 멀리 옹기종기 모인 초가와 너른 논과 밭을 지나니 맨 뒤로 기와집이 보였다. 이제 이 길부터 외할머니 댁의 전답이 시작된다.

일하던 일꾼이 다가와 김미자에게 인사를 하고는 다시 과수원으로 돌아갔다.

김미자는 기와집 대문 앞에서 처마를 잠시 올려다보고는 불안한 시선으로 동민을 보았다.

"정말 잘 적응할 수 있겠어? 뭐하면 다시 서울로 올라가자꾸나."

동민은 고개를 저었다. 서울 가서 아버지의 영정 사진을 보면 큰 벌을 받을 것 같았다.

'네 이놈, 네가 아비가 두려워 떠나는구나.'

돌아간 아버지가 화를 내실 것 같았다.

"아니오, 여기에서 수민이 잘 돌보고 있을게요."

김미자는 입춘대길 건양다경(立春大吉 建陽多慶)이라고 써 붙인 솟을대문을 천천히 열면서 마당으로 들어섰다. 복숭아나무가 가득한 마당 한가운데에 연못이 있고 잉어들이 노닐고 있었다. 외할버지의 호사스러운 취미를 외할머니는 그렇게 싫어하셨음에도 이어

받았다고 들었다. 정원에는 바위들이 곳곳에 있었고 안쪽으로 안방과 대청마루가 보였다. 정주간에서 콩깍지를 벗기던 행랑어멈이 벌떡 일어나 맞이했다.

"아가씨, 잘 오셨어요."

"누구 왔는가?"

별당에서 외할머니가 나와 마당에 서셨다. 동민은 움찔했다. 하얀 머리를 곱게 틀어올려 쪽을 지고 누빔 배자(조끼)를 무명 저고리 위에 입은 외할머니는 늘 어렵고 두려웠다. 동민은 고개를 숙이고 인사했다. 김미자는 미안한 얼굴이었다.

"어머니, 동민이 짐하고 옷가지들이요."

"내, 그럴 줄 알았다. 10년 전에 그렇게 야반도주할 때부터 좋은 일은 없을 것 같더라니."

김미자는 고개를 숙였지만, 눈에서는 체념보다는 분노가 일었다. 하지만 싸워봐야 좋을 게 없다는 걸 아는지 이내 체념 쪽으로 기울어졌다.

김미자는 울컥하면서 물 한 사발 얻어 마시고 다시 일어섰다. 동민은 엄마를 따라 나가려는데 수민이 건넌방에서 뛰어나오면서 외쳤다.

"엄마! 엄마!"

네 살인 수민이 엄마를 붙잡으려 뛰어나가려는데 불호령이 떨어졌다.

"쯧쯧! 오빠가 돼서, 어서 동생 붙잡지 않고 뭘 해. 니 어미가 서울 가서 일해야 느이들 맥이고 월사금이라도 모을 것 아니냐!"

동민은 얼른 수민을 붙잡고 같이 부둥켜안고 울었다.

외할머니는 혀를 찼다.

"제 아버지 닮아서 여린 게 똑같구나. 건넌방 들어가서 정리해 놓아라."

동민이 수민이를 달래고 건넌방으로 들어갔다. 오늘부터 동생과 같이 방을 쓰게 되었다. 그날 밤, 동민은 울다 지쳐 잠에 든 수민의 얼굴을 한 번 어루만지고 방을 나와 쪽마루 끝에 앉아 하늘을 쳐다보았다. 보름달이 떠 있었다.

대청마루를 슬쩍 보았다. 안방에는 외할머니가 곤히 자고 계신다. 행랑채에는 행랑어멈이, 그리고 문밖의 다른 행랑채에는 행랑아범이 주무시고 계신다.

동민은 명절마다 간간이 오던 집이지만, 어머니 없이 낯선 집에 덩그러니 동생과 남겨진 것 같아 마음이 쓸쓸했다. 하늘을 다시 보았다. 둥근 달에 엄마 얼굴도 있고 아버지 얼굴도 있는 것 같았다. 아버지의 수척한 얼굴이 무척 아파 보였다.

동민은 눈에서 눈물이 쿡 하고 나왔다. 작은 주먹으로 눈물을 닦으면서 작게 불렀다.

"아버지… 무서워해서 미안해요…."

동민은 눈물을 훔치면서 코를 훌쩍였다. 어디선가 풀벌레 소리가 들려오는 고즈넉한 밤이었다.

전학생 강운영,
'바람아 멈추어다오'

이듬해 동민은 읍내에 있는 은향초등학교에 입학할 예정이었다.

겨울에 동민은 서울로 가겠다고 결심했지만, 김미자는 동민과 수민에게 솔직한 상황을 편지로 알렸다. 지금 수출 물량을 대느라 봉제 공장에서 야간 작업까지 줄곧 하는데, 내년이라고 달라질 게 없다는 것이다. 다만 열심히 일하다 보면 집을 살 수 있고 수민이도 크고 하니까 수민이가 초등학교에 입학하는 시점에 데리러 온다는 것이었다. 그러면서 이번 설에 못 내려가서 미안하다고 전해왔다. 입학식에도 못 온다는 말이 맨 마지막에 추신으로 적혀 있었다.

동민은 엄마의 편지를 다시 읽고 접어두었다. 김미자는 동민이 입학하면 쓸 실내화, 손수건, 책가방, 옷가지, 신발, 크레파스 등 학용품 일체를 소포로 부쳤다.

설날에 외갓집에 온 사촌들은 서울 물건을 신기하게 보면서도 동민을 무시하는 말을 했다.

"이모는 이번에도 왜 못 오셔?"

"서울로 올라간다더니 왜 못 올라가?"

사촌들은 동민이가 잘 모아둔 돌멩이를 한꺼번에 버리는 등 사사건건 못살게 굴기도 했었다. 서러워도 형들이라 함부로 덤비지 못했다. 사촌들의 괄시는 그래도 나았다. 친척 어른 가운데 촌수가 먼 아주머니가 한 분 계셨는데, 엄마와 나이도 비슷했다. 용곤이라는 아들을 두어 용곤이 엄마라고 불리는 아주머니는 동민이만 방에 있으면 웃는 얼굴로 다가와 밉살스럽게 말했다.

"왜 느이 엄마는 명절에도 일을 한다니? 언제 외갓집에 와서 너를 데려간다니?"

동민은 여덟 살의 나이에도 부끄러움과 부모가 곁에 없는 설움을 톡톡히 느꼈다.

사촌들은 짓궂었다. 동민은 개구리 알을 개울물에서 퍼다가 물조리개에 담아두었다. 올챙이가 되고 개구리가 되는 모습을 보고 싶었다. 날마다 들여다보면서 올챙이가 되기를 기다렸다. 하지만 큰이모가 놀러올 때 같이 오던 사촌 형은 그걸 알아채자 물조리개의 물을 그대로 하수구에 따라버려서 동민이 낙심하게 만들었다. 동민은 슬펐지만, 집에 내 편이 하나도 없고 수민이는 약한 존재였다. 외할머니는 사촌 형들의 이야기를 듣고도 동민을 탓했다.

그 설움을 말할 데는 없었다. 마음을 스스로 달래야 했다.

동민은 서러울 때마다 소원을 빌었다. 달을 바라보며 무탈하게 지나가기만을 빌었다. 서울에 있는 엄마가 건강하기를 빌었다. 그리고 영정 사진 속 아버지도 저 하늘에서 건강하게 사시기를 빌었다. 할머니도 밉지만 잘 지낼 수 있게 해달라고 빌었다.

그런데 용곤이 엄마는 아주 얄미워 얼굴에 뾰루지가 나라고 빌었다.

하늘에서 소원을 들어주었는지 용곤이 입학식에 참석한 용곤이 엄마는 입술 근처에 뾰루지가 나 있었다.

동민은 속으로 피식 웃었다. 김미자가 보낸 손수건을 체크무늬 재킷 위에 옷핀으로 달았다. 따뜻하게 입었지만 산에서 내려와 부는 바람은 매서웠다. 입학식에는 오십 명의 학생들과 부모들이 운동장에 서서 입학식을 지켜보았다. 동민은 이따금 뒤를 돌아보았지만 아는 얼굴은 없었다. 동민을 보러 아무도 오지 않았다.

이따가 입학식 끝나고 유치원에 들러 수민이를 기다렸다가 같이 집에 오면 되었다. 외할머니는 다른 사촌들의 입학식에는 갔지만 끝내 동민의 입학식에는 참석하지 않았다.

다음 날 동민은 책가방을 메고 논밭을 지나 먼 길을 걸어 등교했다. 수민이는 학교 내 병설 유치원에 데려다주었다.

등교하자마자 같은 반에 배정된 학생들과 나무 걸상에 앉아 수업을 받았다.

네모로 줄을 친 칸 안에 가나다라를 쓰는 국어 시간이 첫 수업이었다. 동민은 형들 어깨너머로 한글을 깨우쳤다. 외갓집 삼촌 방에 뒹구는 책들을 몰래 읽어보기도 했다. 뜻은 잘 모르지만 읽을 수는 있었다. 하지만 사촌 형들이 괴롭힐까 싶어 읽으면서도 모른 척하기도 했다.

짝꿍인 용곤이는 한글도 숫자도 잘 모르는 눈치였다.

수업이 끝나고 쉬는 시간에 누군가 동민의 발을 지그시 밟았다.

"야 너, 서울서 온 서울내기지. 기와집 사는 아이 맞잖아? 나 문남경이다."

검게 탄 얼굴에 털실로 짠 스웨터 옷을 입은 키가 작은 남자아이가 동민의 하얀 실내화에 검댕을 묻혔다.

"서울은 좋더냐?"

동민은 문남경을 쳐다보지도 않고 수업시간에 받은 국어 교과서를 들추어 살펴보았다.

'바둑아, 바둑아. 이리 와 나하고 놀자'라고 적혀 있고 남자아이와 강아지가 노는 모습이 삽화로 들어 있었다.

"너 이거 읽을 줄 아니? 나 좀 가르쳐줘."

이때 용곤이가 끼어들었다.

"한글은 배워 뭐 한다니. 여기서 복숭아 농사만 지으면 솔찬히 사는데."

동민은 처음 보는 아이들과 말하기 싫었다. 조용히 책을 들여다보았다. 그런데 머리를 양 갈래로 땋고 노란 블라우스에 분홍색 점프 스커트를 입은 여자아이가 다가왔다.

"동민이라고 했지? 내 이름은 임순정이다. 외워둬. 우리 앞으로 친할 거니까."

새초롬하게 생긴 임순정이 동민에게 가까이 다가와 공기를 보였다.

"너 이것 좀 할 줄 아니? 서울내기들은 모두 깍쟁이라는데 그러지 말고 우리랑 놀자."

동민은 고개를 돌리면서 말했다.

"내가 왜 여자애들하고 놀아?"

임순정이 방그레 웃으면서 말했다.

"오라, 너 공기놀이 젬병이로구나?"

"줘봐."

동민은 공기놀이라면 어릴 적 집에 홀로 있을 때 매일 했던 기억이 있었다.

동민은 공기를 집어 들고 교실 바닥에 주저 앉았다. 문남경, 임순정 등 아이들이 책걸상을 치우고 빙 둘러 앉았다.

동민은 공깃돌 하나를 띄우고 하나 집기, 두 개 집기를 단계별로 하고 나서 잡은 돌을 다 던져서 한 번에 잡는 방식의 더하기를 선보였다. 돌이 떨어지기 전에 잡은 돌과 잡을 돌의 위치를 바꾸는 빼기 기술도 보였다. 여자아이들이 하나둘 모였다. 모두 주저앉아서 동민이 공기를 하는 걸 지켜보았다.

동민은 꺾기 기술을 보여주었다. 다섯 개를 모두 던져서 손등 위에 올린 뒤 그것을 공중으로 띄워서 다시 잡았다. 여자아이들이 1년, 2년, 3년 나이 먹기를 외쳤다. 동민이 신들린 듯이 공기 기술을 선보이고 순정에게 공기를 넘기자 남자아이들까지 와서 모두 박수 쳤다.

동민은 서울집에서 할 일이 없으면 공기하고 노는 게 일이어서 참 잘하는 편이었다. 어깨가 으쓱했다.

다음 날부터 남경과 순정, 동민, 수민은 학교 오가는 길을 같이 다니게 되었다. 가끔 용곤이도 끼어 놀기도 했다. 짓궂게 장난을 잘 치는 용곤이는 놀다가도 엄마가 부른다면서 집에 일찍 들어가고는 했다. 분홍색 복숭아꽃이 지천에 핀 마을은 아이들이 뛰어놀기 좋았다. 모래가 있는 곳에서는 흙속에 손을 넣어서 두꺼비집을 만들고, 〈두껍아 두껍아〉 노래를 부르면서 집을 만들어 무너지지 않게 했다. 운동장에서 공기놀이, 고무줄놀이, 비석치기, 구슬놀이, 딱지치기서부터 산과 들에서는 곤충 채집도 했다. 지천으로 열린 열매를 따러 다니기도 했다.

서울에서는 홀로 집 안에 갇혀 있었지만 여기는 달랐다.

봄에는 복숭아꽃들 사이로 술래잡기를 했고, 여름에는 개울가에서 물놀이하며 송사리와 다슬기를 잡았다. 그리고 원두막에서 복숭아와 참외를 먹었다.

까마귀와 까치가 다리를 놓아 견우와 직녀가 만난다는 칠석날에는 밀전병을 먹고 시루떡을 손에 쥐고 놀러 나왔다. 어른들은 까마귀 머리가 벗겨진 것은 견우와 직녀가 밟아서 그랬다고 말했다. 칠석날 하루 전에 오는 비는 견우와 직녀가 만나서 흘리는 기쁨의 눈물, 이튿날 내리는 비는 헤어지기 싫은 슬픔의 눈물이라고 했다. 아이들은 그런가 하고 이야기를 들었다.

비가 오는 날에도 곤충 채집기를 들고 지천을 뛰어다니기도 했다.

가을에는 고구마를 캐고, 풍물놀이패를 따라다니기도 했다. 겨울에는 얼음썰매를 타고 연을 날렸다.

그렇게 시간이 흘렀다. 그동안 같이 사는 외할머니는 여전히 엄하고 무섭고, 곁은 잘 주시지 않았다. 엄마는 남매를 보러 자주 올 수가 없었고, 명절날 사촌들이 무시하는 것도 용곤이 엄마가 왜 엄마가 안 오냐 놀리는 것도 여전했다.

하지만 동민은 점점 키가 자랐고 반에서는 반장도 하며 지냈다. 목소리도 커졌고 학교에서는 손을 들고 발표도 곧잘 하고 몸이 불편한 친구는 도와주었다.

점점 아이에서 소년이 되어가고 있었다.

그렇게 날은 흘러 어느덧 초등학교 4학년이 되었다. 서동민, 문남경, 임순정은 삼총사가 되어서 여전히 함께 어울려 다녔다. 그리고 동민의 동생 수민이 입학을 하게 되었다.

음악 시간이었다.

동민이가 지휘하고, 담임 선생님은 풍금을 연주했다. 아이들은 〈고향의 봄〉을 불렀다.

"나의 살던 고향은 꽃피는 산골."

은은한 풍금 소리에 아이들은 목청 높여 노래를 불렀다. 동민은 중앙에 선 남경과 순정을 보면서 구석에 선 용곤이를 비롯한 아이들 하나하나와 눈을 맞추면서 지휘를 했다.

그때 교실 미닫이문이 드르륵 열렸다. 교장 선생님이 여자아이 하나와 함께 들어왔다.

담임이 연주를 중지했다. 아이들은 노래를 부르다 입을 다물었다. 동민은 교장 선생님의 뒤에 서 있는 여자아이와 눈이 마주쳤다.

둥글고 큰 눈과 갸름한 하얀 얼굴이 인상적인 여자아이였다. 손에는 책가방을 들고 노란색 스커트에 회색 재킷을 입고 리본이 달린 구두를 신은 정말로 도회적인 여자아이였다. 반 아이들이 모두 새로운 전학생에게 시선이 고정되었다.

담임은 합창하던 학생들을 모두 자리에 앉게 했다. 그리고 전학생을 인계받아서 교탁 옆에 세우고 소개했다.

"오늘부터 서울에서 새로 전학 온 학생이다. 소개를 직접 하는
게 낫겠지?"

여자애는 입을 작게 열고 차분하게 말했다.

"안녕, 나는 교동초등학교 다니다 오늘 여기 은향초등학교로 왔
어. 이름은 강운영이야."

동민은 작게 강운영이란 이름을 되뇌었다. 가슴에 한 줄기 훈풍
이 부는 것 같았다.

이름도 얼굴도 목소리만큼이나 무척 예쁜 아이였다.

순정은 그런 동민과 강운영을 번갈아 쳐다보았다.

남경은 그런 순정을 지켜보았다.

담임은 동민의 옆자리에 앉아 있던 용곤을 뒤로 자리를 옮기고
운영을 그 자리에 앉혔다. 반장으로서 잘 도우라는 의미도 있고 동
민도 서울에서 왔기에 친하게 지낼 수 있을 것 같아서였다. 순정은
조금은 서운한 눈으로 동민과 짝이 된 운영을 보았다.

음악 다음 시간은 미술 수업이었다.

운영은 수업 전 쉬는 시간에 책가방에서 캐릭터가 그려진 사각
필통과 36색 크레파스를 꺼냈다. 반 학생들이 몰려들었다.

"우와, 서울내기는 다르다."

"이거 일제 아니야? 정말 끝내준다."

"나 한번 써봐도 돼?"

운영은 학생들이 일제히 모여들자 조금은 난처한 기색을 보였다.

용곤이 다가와 자신의 헌 크레파스를 내놓고 운영에게 물고 늘어졌다.

"야야야! 나랑 크레파스 바꾸자. 내 것도 좋은 건데, 바꾸자."

운영이 당황해서 놀라는데 용곤이 36색 크레파스를 확 낚아챘다.

"이제부터 바꾸는 거다. 이제 내 꺼다."

"아, 안 돼! 아빠가 해외에 다녀오셨다가 사 오신 거야. 소중한 아빠 선물이야."

동민이 벌떡 일어나 용곤에게 다가가 엄하게 말했다.

"남의 물건 허락도 없이 가져가 버리는 거 나쁜 행동이야. 어서 돌려줘."

용곤은 크레파스를 들고 달려나갔다. 동민이 뒤쫓았다. 금세 잡힌 용곤이 울먹거리면서 떼를 썼다.

"왜, 나도 금색 은색 있는 크레파스 써보고 싶다고!"

"옳지 못한 일은 하지 마."

동민이는 크레파스를 빼앗고 교실로 돌아와 운영에게 돌려주었다. 용곤이 교실로 뒤따라와서 크게 소리쳤다.

"얘는 엄마가 여기 없다! 서울에 있다! 엄마, 아빠 없이 외할머니와 산다!"

용곤이 혀를 날름날름하면서 놀리자 동민은 화가 났다. 아무리 장난이라지만 기분이 나빴다. 동민은 칠판으로 다가가 한마디했다.

"용곤이, 너 앞으로 한 번만 더 장난치면 칠판에 이름 적어놓는다!"

동민이 줄 수 있는 최대한의 경고였다. 칠판에 반에서 떠드는 아이 이름을 적어두면 종례 시간에 선생님이 보고 벌을 주셨다. 용곤이가 입이 댓 발은 나오고 나서 조용해졌다. 하지만 그러면서도 운영의 자리를 빙빙 돌면서 시선은 크레파스에 꽂혀 있었다.

운영은 한숨을 한 번 쉬고는 금색과 은색 크레파스를 꺼내서 용곤에게 건넸다. 용곤이는 환호하면서 크레파스를 쥐고 물러났다.

수업이 시작되었다. 동민은 일어나서 외쳤다.

"차렷, 선생님께 경례."

아이들은 구호에 맞추어 움직였다. 선생님이 판서를 시작했다.

운영은 수업시간에 공책에 '고마워, 동민아'라고 적어서 보여주었다.

동민은 자신의 이름을 강운영이 알고 있다는 데에 기분이 으쓱했다.

그날부터 전학생 강운영과 동민, 순정, 남경은 같이 어울려 다녔다.

며칠 후, 동민은 떡방앗간에 심부름 갔다 돌아오던 길에 운영을 만났다.

"어? 강운영. 여기서 뭐 해?"

"서동민, 너는?"

"나는 읍내에 심부름 갔다가 오는 길이야."

"난 엄마가 여기 부녀회장님 만나러 와서 잠시 나와 기다리는 중이야."

"그렇구나."

동민은 자전거에서 내려서 복숭아꽃이 핀 나무 아래 운영과 나란히 앉았다.

"이거 한번 해볼래? 풀피리라는 건데…."

동민은 풀을 따서 반으로 접어서 입에 대고 불었다. 운영은 말없이 나뭇잎을 반으로 접어서 풀피리를 불었다.

"어? 나뭇잎은 안 해본 건데?"

"후후, 서울서도 풀피리 불고 살았단다. 서울도 여기와 별반 다르지 않아, 내가 사는 동네는 아직 흙길이고 산도 가까워. 그래도 여기에 비하면 사람들이 더 많지만."

동민이 운영의 얼굴을 슬며시 보면서 물어보았다.

"여기에는 왜 전학 오게 된 거야?"

"아빠가 여기 은행에 지점장으로 오셨어. 동민이 넌 왜 여기로 내려온 거야? 일곱살 때 왔다면서."

"엄마가 바쁘고 외할머니가 여기 사시니까. 아버지는 돌아가셨어."

"난 엄마, 아빠 그리고 중학생 언니와 함께 살아."

동민은 풀피리를 불면서 하늘을 보았다. 푸르른 하늘에 뭉게구름이 가득하고, 청량한 바람이 나무 사이로 불어왔다. 쾌청한 기분이 들었다.

운영이 부탁했다.

"나 자전거 한번만 태워줘. 서울서 탈 때 무서워서 동네에서 타고 다니지는 못했거든. 배우고 싶어."

동민은 일어나서 안장 뒤 짐칸에서 방앗간에서 산 참기름을 내리고 손으로 탈탈 털었다. 그 뒤에 운영을 앉히고 자전거 안장에 올라 발로 페달을 밟았다.

"꽉 잡아. 이게 보기보다 무섭다."

운영은 동민의 허리를 꽉 잡았다. 동민은 복숭아밭 사잇길을 자전거를 타고 달렸다. 시원한 바람이 운영의 머리와 치맛단을 날렸다.

"우와와, 재미있다."

운영은 활짝 웃으면서 말했다. 동민은 더 신나게 페달을 밟았다.

"무서워, 천천히 달려."

동민은 자전거를 멈추고 운영을 앞자리에 태웠다.

"이번에는 네가 달려봐, 내가 뒤에서 잡아줄게."

동민은 운영의 발을 페달 위에 올리고 손으로 핸들을 붙잡게 했다. 운영은 천천히 페달을 밟으면서 자전거를 달렸다. 동민이 붙잡아줘서 페달을 더 세게 돌리려는데, 그만 자전거와 같이 넘어져 버렸다. 동민은 넘어지는 순간 운영을 안전하게 받치느라 밑에 깔렸다.

"아! 괜찮아? 동민아!"

"어어… 괜찮아."

운영은 동민의 무릎이 까진 게 미안했다.

자전거를 옆에 두고 그들은 복숭아밭에 나란히 앉아 이야기를 나누었다.

"복숭아나무는 병충해에 약해서 농약을 많이 친단다. 열매도 그렇고. 하지만 악한 것을 쫓는 기운이 있어서 사람에게 이롭대."

동민의 말에 운영은 미소 지어 보였다.

"재미있다. 서울보다는 재미있는 게 많아."

동민은 꽃을 따서 둥글게 엮어보았다.

"그거 나 주려고? 반지야, 팔찌야?"

운영이 웃으면서 말했다. 동민은 볼과 귀가 약간 붉어졌다.

동민이 건네는 복숭아꽃 팔찌에 운영이 손목을 넣었다.

"예쁘다."

"어어! 저기 아저씨들이 물 주신다. 어서 밭에서 나가자."

동민과 운영은 물줄기가 나무에 부딪혀 생기는 하얀 포말을 피해 복숭아밭에서 자전거를 세운 뒤 끌고 재빨리 나갔다.

그렇게 동민과 운영은 하교 후에 도자마을 곳곳을 다녔다.

운영을 만나러 갈 때 수민이도 종종 따라 나오기도 했다. 그렇게 놀다가 늦어지면 동민이 자전거 뒤에 운영을 태우고 집까지 데려다주었다. 꽤 먼 거리였지만 하나도 힘들지 않았다. 어느덧 운영도 자전거를 탈 줄 알았다.

동민은 하교 후에 운영과 숲으로 들로, 산책하며 이야기를 나누는 일이 즐거웠다.

"운영아, 너 이 나무 이름 아니?"

"아니."

"엄나무다. 가시가 엄하게 생겼다 해서 엄나무로 부른다."

"진짜? 하하, 재밌다."

동민과 순정은 숲 곳곳을 돌아다니면서 나무 구경을 했다. 동민은 아는 만큼 나무 이름을 알려주었다,

"이 예쁜 꽃이 핀 나무는 이름이 뭐야?"

운영은 하얀 꽃을 피운 나무를 가리켰다.

"이팝나무야. 꽃이 피면 쌀밥을 엎어놓은 것처럼 핀다고 해서 이팝나무래. 그리고 이건 화살나무야. 줄기에 화살 날개 모양이 보이지? 그리고 이건 생강나무."

동민은 생강나무의 줄기를 꺾어서 운영의 코 아래 가져갔다.

"정말, 생강 냄새가 난다. 동민아, 어떻게 이 많은 나무 이름을 알게 된 거야?"

동민은 으쓱하면서 말했다.

"으응, 첨에는 몰랐는데, 남경이랑 순정이랑 다니다 보니까 많이

주워들었다. 나무들은 이름도 웃겨. 노린재나무는 타고 나면 노란 재를 남긴다 해서 그렇게 이름이 붙었고, 꽝꽝나무는 불에 탈 때 꽝 꽝 소리가 나서 그렇게 지은 거래."

"정말? 너무 신기하다."

"저 나무는 저렇게 초라해도 가을에는 샛노란 모과가 열리는데 향기가 제법이야."

동민은 숲 산책 말고도 운영과 함께 음악 이야기, 영화 이야기를 하는 게 즐거웠다. 라디오에서 영화 음악을 들은 다음 날이면 운영 과 영화 음악 이야기로 꽃을 피웠다.

미술 시간에 담임 선생님께서 사생대회를 해보자며 아이들에게 스케치북과 크레파스를 챙기게 했다. 아이들은 운동장을 지나 개 울을 건너 숲속으로 들어갔다.

개울을 건너려면 징검다리를 건너야 하는데, 간밤에 비가 와 불 어난 물살이 제법 셌다.

운영이 건너기를 망설였다. 다리를 건너는 데 익숙한 아이들이 운영을 놀렸다.

동민은 운영이 망신을 당하자 분이 났다. 책가방을 내려놓고 얼른 다시 징검다리로 돌아가서 운영의 스케치북을 받아서 왼손에 쥐고 오른손으로는 운영의 손을 꽉 잡았다.

"무서워, 동민아."

"나만 믿고 따라와. 괜찮아."

동민은 운영을 이끌고 징검다리를 무사히 건넜다. 숲으로 들어간 아이들은 모두 소나무숲에 자리를 잡고 숲의 풍경을 그려나갔다.

동민은 언덕 중턱에 올라서 멀리 보이는 초가와 외갓집을 산을 배경으로 그렸다.

운영은 저 산 너머 보이는 복숭아밭과 소를 중점적으로 그렸다. 산속 공기는 쾌청했고, 지저귀는 산새들이 보이는 목가적인 풍경은 무척 아름다웠다.

그날 1등상은 들에서 풀을 뜯는 소를 그린 순정이 받았다.

그러나 동민의 마음속 1등은 운영이었다.

산골 마을의 자전거 산책,

'어느 소녀의 사랑 이야기'

산골에서는 밤에 놀 거리가 거의 없었다. 스산해지기 시작하는 초겨울 밤에는 추수를 끝낸 마을 사람들에게는 아무런 오락거리가 없었다. 가로등도 얼마 없는 논둑길과 산에서 아이들은 더 놀지 못하고, "누구야, 밥 먹어라" 하는 엄마의 목소리에 집으로 돌아갈 수밖에 없었다.

그런데 동민의 외갓집에 안방에 중간문을 하나 달고 TV를 틀어 주는 오락거리가 생겼다.

외할머니는 신식 문물에 밝은 편이라 집 안에 브라더 재봉틀과 풍금, 라디오도 들여놓으셨다. 그런데 어느 날 금성 TV를 배달받으신 거였다.

양판점에 직원으로 근무하는 외삼촌(훗날 양판점 사장이 되셨다)
부탁으로 샀지만, 그 일은 마을에서 일대 획기적인 사건이었다.

전기가 들어오지만, 발전기를 통해 얻을 수 있는 전기였기에 아
껴 써야 했다. 일주일에 딱 한 번 TV로 〈토요명화〉를 동네 아주머
니들과 보았다. 〈여로〉 드라마는 수민이와 행랑어멈, 그리고 가끔
은 외할머니도 같이 보았다. 영화를 보다가 남녀 간 키스하는 장면
이 나오면 외할머니는 헛기침하면서 뒷간을 가고, 동민은 수민의
눈에 손바닥을 가져가 대었다. 행랑어멈은 미소 지으면서 보았다.

〈로마의 휴일〉을 본 다음 날 운영과 로마의 트레비 분수 근처에
서 먹는 아이스크림은 얼마나 맛있을까 이야기를 나누었다. 그리
고 마지막에 공주가 기자를 모른 척한 행동은 옳은 것인지 토론도
해보았다.

동네 사람들과 다 같이 TV를 보는 특별한 날은 국민 프로레슬러
김일이 일본 선수와 경기를 하거나 한일 축구전을 중계하는 날이
었다.

그날은 일주일에 한 번 동네 일꾼들과 주민들을 위해 안방 중간
문을 닫고 TV를 공개 시청하게 하는 날이었다.

소문을 듣고 온 일꾼들과 아낙네들, 그리고 동민의 친구들이 모여들었다. 외할머니는 중간문을 닫고 보료에 누워 계셨지만 아마 귀로는 TV 소리를 듣고 있었을 것이다.

동민은 남경과 순정이 도착해 나란히 앉았다. 그리고 뒤늦게 온 운영이 맨 뒤에 앉자 동민은 아주머니들 사이의 운영 옆으로 자리를 옮겼다. 순정이 서운해했지만 이내 남경이 웃긴 표정을 지어 보여 순정의 마음을 풀었다.

TV에서는 김일과 일본 선수 이노키의 대결이 펼쳐졌다. 서울 장충체육관에서 열린 한일 레슬링 경기에서 두 선수는 박치기와 머리를 걷어차는 킥 기술을 선보이면서 명승부를 펼쳤다.

동민은 두 주먹을 쥐고 보는데, 운영이 불편해하는 기색이 있었다.

손님들이 온다고 안방에 군불을 땠는데, 운영은 치마를 입고 와서 무릎 꿇은 다리가 뜨거웠던 것이다. 동민은 걸치고 있던 남방을 벗어주고 러닝셔츠 하나만 입고 경기를 보았다. 동네 사람들이 더 몰려들어 들어오면서 동민과 운영은 가깝게 앉게 되었다.

운영과 동민의 무릎이 슬쩍 스치면서, 동민은 볼이 붉어졌다.

한 번도 운영을 이성으로 느낀 적은 없었다. 소설로나마 사랑에 대해 알고 있었지, 집안에서 반대하는 결혼을 한 엄마는 아주머니들이 누군가의 사랑 이야기를 할 때면, 동민이 자리를 피하도록 할 정도로 엄하게 교육했다.

동민은 머리가 괜하게 간지러워 긁적이면서 레슬링 경기에 몰두했다.

김일이 이노키의 킥 공격을 막아내면서 박치기를 했다. 이노키가 쓰러지자 환호성이 터져나왔다. 박수갈채가 나오면서 동네 주민들은 흥분하였다. 동민도 벌떡 일어나 주먹을 위로 쥐고 환호했다.

그날 TV 시청이 끝나고 운영은 빨간 모자와 코트를 입고 나갈 채비를 했다.

동민은 운영을 자전거 뒤에 태우고 동네 어귀에 데려다주었다.

아버지가 그곳에서 기다린다고 했다. 어두운 밤, 가로등도 듬성듬성 있는 칠흑 같은 논둑길은 꽤나 무서웠다.

"너네 집에는 TV가 없니? 있지 않아?"

자전거 페달을 밟으면서 달리 할 말이 없어 어색하던 동민은 무심코 그렇게 물었다.

"후후, 있단다."

사실은 반장인 동민이 가정 환경 조사서를 모아서 교무실로 가져다주었는데, 운영의 조사서가 맨 위에 있어 보게 되었다. 운영의 아버지는 은행에서 일하시고 엄마는 가정주부, 그리고 집에는 피아노, TV, 전축이 있다고 적혀 있었다.

"그럼 왜 우리 집으로 보러 온 거야?"

"그거야… 반 아이들이 그렇게 한다는데 나도 같이 보면 재미있을 것 같아서 말이지."

"그렇구나."

자전거가 덜컹 돌부리에 들렸다 내려갔다.

"엄마얏."

운영은 동민의 허리를 꽉 잡았다.

"엇, 미안해."

"너무 어둡다. 서울하고 달라. 서울에는 가로등이 여기보다 많이 있잖아."

동민이 정신을 집중해 자전거를 몰면서 말했다.

"나도 처음에는 적응이 안 되었는데 지금은 괜찮아. 밤눈이 밝아지고, 길이 조금은 보여. 그리고 감이 중요해서 항상 가던 길로 가고. 밤에 심부름 다니기도 하거든. 외할머니 바느질거리를 이웃집에 가져다주던가 하는 일 말이야."

"으응. 무섭지 않아? 어둠 속에서 도깨비나 짐승이 나올 거 같아."

"무섭기도 한데, 그래도 낮에는 무척 활발한 곳이라 생각하면 덜 무서워. 그치만 마을 사람들도 여간해선 밤에 안 다녀."

어둠 속에 반딧불이와 둥근 달, 수많은 별 무리가 그들을 비추어 주었다.

긴 논둑길을 지나자 동네 어귀가 나왔다. 저만치 헤드라이트 불빛이 보였다.

"어, 아빠다!"

운영의 아버지는 은행에서 퇴근하시고 동네 어귀에서 포니 승용차를 타고 기다리고 있었다.

동민이 마을 어귀에 운영을 내려주자, 운영은 자동차에 타고서 손을 작게 흔들며 미소 지었다.

운영의 아버지는 굳게 다문 입으로 고맙다 말하고 차를 돌렸다. 헤드라이트 불빛을 동민은 오래도록 지켜보았다.

동민은 운영과 하교 후에 자연스레 만나게 되었다. 마을을 지켜 준다는 커다란 느티나무 아래 바위 위에 공책을 펴서 같이 숙제도 했다. 동민은 운영의 국어와 음악 숙제를 도왔고, 운영은 동민의 미술과 수학 숙제를 도왔다. 음악 실기시험을 준비하기 위해 숲으로 들어가 큰 소리로 〈반달〉 동요를 부르기도 했다. 동민이 지휘하

는 속도에 맞추어 운영은 두 손을 붙잡고 박자를 맞추면서 〈반달〉
을 고요하게 불렀다.

둘이 나란히 서서 시원한 바람을 맞으면서 리코더를 들고 〈눈꽃
송이〉 동요를 연주하기도 했다.

고요한 숲속에 리코더 소리가 고적하게 났다.

읍내에 같이 나가게 되면 빵집에 가서 요기하거나, 분식집에서
떡볶이를 사 먹기도 했다. 오락실에 가기도 했는데 운영이가 갤러
그 게임을 더 잘했다. 가끔은 순정이와 만나기도 했는데 같이 다니
면서 오일장 구경을 하거나, 만화방에 가서 만화를 보면서 놀기도
했다.

한번은 흐린 날이라 어둑해진 가운데 산을 내려오는데, 숲에 있
는 무덤이 무서워 동민이 운영의 손을 잡고 내려오기도 했다. 상여
를 만드는 곳집이나 서낭당 앞을 지날 때는 긴장하고 있다가 둘이
서 눈으로 신호를 주고받으면서 줄행랑을 쳤다. 무섭다기보다는
둘만의 놀이였다.

언젠가 동민은 운영의 손을 잡고 내달리다가 운영이 넘어져 바
지가 찢어지고 무릎이 까졌다. 동민은 걱정에 시냇가에서 물을 두

손으로 받아와 무릎의 상처를 닦아주었다.

"아프지. 미안해. 내가 너무 빨리 달려서."

"아니, 괜찮아. 머큐롬 바르면 돼."

"아 빨간약 옥도정기 말하는 구나? 나도 할머니가 다치면 발라주셔. 헤헤."

운영이 고운 손으로 동민의 뺨에 묻은 검댕을 떼주었다. 검불에서 묻어온 것 같았다.

"고마워, 동민아. 너 아니었으면 여기 학교에서 잘 적응하지 못했을 거야. 내가 서울에서도 친구가 없어서 엄마가 항상 걱정 많이 하셨거든."

"나도 서울에서 왔다고 처음에는 그랬는데, 남경이랑 순정이가 친구가 되어서 점점 친구가 늘어갔어."

"그렇구나."

동민은 순정과 남경의 얼굴이 떠올랐다. 요즘 운영이와 노니까 조금은 거리가 멀어진 것 같기도 했다. 수민이도 뽈이 나기 일쑤였다.

운영은 어른스러운 표정을 지으면서 말했다.

"훗날에도 이렇게 만나서 놀 수 있는 그런 사이가 됐으면 좋겠다."

동민은 못내 서운한 생각이 들었다. 운영이와 헤어진다는 것은 상상조차 하지 못했다. 절대 그렇지 않을 거라 여겼다.

"무슨 소리야. 여기서 계속 같이 학교를 다니는데."

운영은 작게 웃으면서 말했다.

"너도 나도 학교 친구들도 50년 후에는 이곳에 같이 있지는 않을 거야."

동민은 순간 약간 혼란스러웠다.

"정말 그럴까?"

"그럼, 나도 서울에서 영원히 살 줄 알았는데 도자마을로 온 거잖아."

동민은 고개를 끄덕였다. 그때 하얀 눈꽃송이가 하늘에서 내려왔다.

"아 정말 예쁘다."

"운영아, 우리 집에 가서 군고구마 먹을래? 가마솥에 굽는데 정말 맛있다."

운영은 웃으면서 고개를 끄덕였다. 운영이 나직하게 말했다.

"이렇게 아름다운데 나중에 떠나는 날이 오면 얼마나 슬플까…."

동민은 운영의 옆모습을 보았다. 그윽한 눈매에 슬픈 감정이 서려 있었다.

'운영이는 우리 둘이 헤어질지도 모르는 미래를 생각하는구나. 아니야, 난 운영이와 헤어지지 않을 테다.'

복숭아나무가 가득한 도자마을 숲에서 운영과 동민은 점점 어른스러운 생각을 하면서 미래가 어떤 건지 상상해보기도 했다.

한편, 도자마을에는 타지인들이 간혹 들어와 사는 일도 있었는데 하나같이 동네 주민들이 불편해하고 탐탁지 않아 했다. 텃세라면 텃세라는 걸까. 언젠가 외할머니는 이렇게 말했다.

"어디서 무슨 밥벌이를 했을지 모르는 것들이 여기 와서 큰소리치고 사는데 누가 좋아하겠느냐. 지들이 타지에서 무슨 일을 했다고 잘난 척들 하는데 진위가 확인되느냐 말이다. 동민이 수민이 들거라. 전학생들 오면 어울리지 말거라. 자고로 그 집안 어른들을 모르면 어울리면 안 되느니라. 언젠가 여기를 다들 떠날 사람들이다."

운영이와 친하게 지내던 동민으로서는 무언가 대꾸를 하고 싶었지만 대꾸하면 더 성을 내시는 외할머니 성정을 모르지 않아 그냥 묵묵히 듣고만 있었다. 그런 이유가 있는지 운영의 부모님들은 마을 행사에 참석하지 않았고 조용히 단출하게 사는 편이었다.

그렇게 무탈한 날들이 계속되던 어느 날, 운영이 등교를 하지 않았다. 동민은 걱정이 되었지만 내색은 하지 않았다. 그날 밤 외갓집에 용곤이 엄마가 찾아왔다.

동민은 용곤이 엄마와 외할머니가 대화하는 걸 화장실 다녀오다 우연하게 엿들었다.

"그렇다니까요, 어머니."

용곤이 엄마는 먼 친척이지만, 외할머니를 친근하게 어머니라고 불렀다.

"은행 지점장이 횡령 의혹을 받아 그만…."

"아니 그럼 중풍으로 쓰러진 게 아니란 말이냐?"

"그게 기실은 잘 모르겠는데 읍내 시장 사람들한테 들은 말은 그렇습니다."

동민이 기척을 내자 말소리가 작아졌다.

"할머, 그럼 안녕히 주무세요. 들어가 자겠습니다."

동민은 늘 문안 인사를 아침저녁으로 매일 드렸다.

"그래. 그러거라."

동민이 혹시나 해서 잠시 마루에 머물면서 귀를 기울였지만, 소리는 더 작아져 들리지 않았다.

다음 날도 운영은 등교하지 않았다. 하교할 때가 되어 선생님이 동민과 순정, 남경을 불렀다.

"너희들이 운영이하고 친하지? 오늘 나하고 갈 데가 있다. 운영이 아버님이 뇌경색이 오셔서 돌아가셨어. 상갓집에 가야 하는데, 당장 검은 옷 구할 데가 없으니 너희들은 지금 입은 그대로 나하고 다녀오자."

20대 후반인 선생님은 늘 검은 정장 같은 옷을 학교에 두고 상가나 결혼식 갈 때 입으셨다. 선생님은 검은 재킷을 걸치고 자전거를 타고 앞장섰다. 그 뒤로 남경이 순정을 자전거 뒤에 태우고, 그 뒤로 동민이 자전거를 타고 느릿하게 따랐다.

생각이 많아졌다. 어제 할머니와 용곤이 엄마 하던 말도 그렇고 운영이 걱정되었다.

자전거를 30분 넘게 타고 가서 읍내 장례식장에 도착했다. 울음소리가 들려왔다. 동민 일행은 선생님을 따라서 조용히 상가로 들어갔다.

동민은 영정 사진을 보았다. 예전에 몇 번 마주치고 인사드린 운영의 아버지 얼굴이었다. 동민은 순간 슬픔이 몰려왔다. 아버지를 먼저 잃어봤기에 그 슬픔과 두려움이 무엇인지 잘 알고 있었다.

검은 상복을 입은 운영의 얼굴이 무척 초췌해 보였다.

그 옆으로 운영의 어머니와 언니가 서 있었는데 모두 쓰러지기 일보 직전의 피곤하면서도 좌절한 얼굴들이었다.

동민은 선생님을 따라서 국화꽃을 올리고 향을 피우고 절을 두 번 했다.

상가 옆 식당에 있던 운영의 친척들은 군데군데서 수군대기도 했다.

동민 일행은 밥을 차려놓은 상에 앉았다. 옆자리에 은행원들이 앉아 있었는데 그들이 하는 말이 들려왔다.

"지점장님이 횡령 감사 받으시면서 얼마나 고생하셨어? 아무리 돈이 빈다고는 하지만, 그 돈을 횡령할 분은 아니신데. 억울해서 그러신 거겠지⋯."

"그런다고 저렇게 먼저 떠나실 분도 아니신데 정말 모르겠어요."

"그나저나 사모님은 아이들과 앞으로 어떻게 사신데요."

"쉿, 목소리 낮추어요. 가족들이 들을라."

은행원들은 주변을 의식했는지 갑자기 목소리를 낮추었다.

동민은 마음이 무거웠다. 운영의 아버지 죽음 뒤에는 무언가 불편한 진실이 있는 것 같았다.

동민은 잠시 장례식장을 나와 쉬고 있던 운영에게 말없이 다가가 손을 건넸다. 운영은 손을 따뜻하게 잡아주었다.

아버지가 없는 슬픔을 동민은 너무나 잘 알고 있었다. 일곱 살에 돌아가신 아버지는 늘 병석에 누워 계셨다. 입원과 퇴원을 반복하는 모습이 선연했다. 자전거를 사주셨지만, 같이 탈 수 없었고 함께 목욕탕, 놀이동산도 다녀온 적이 없었다. 아버지가 돌아가신 후에는 가계가 쪼들리고 집안이 기울어갔다. 엄마는 늘 돈을 벌러 밖에 있었다. 그 모든 설움은 겪어보지 못하면 모르는 것이었다. 동민은 운영과 눈을 마주쳤다.

지금은 그저 침묵을 지키며 마음으로 운영을 위로하는 수밖에 다른 방법이 없었다.

외할머니는 동민이 상갓집에 다녀온 사실을 안 이후로 불편한 심정을 감추지 못했다.

장례식 이후 동민은 안타까운 마음에 운영과 자주 만나 숲을 거닐며 운영의 마음을 위로했다.

운영은 말없이 동민 옆에서 걸었다.

어느 날 밤 외할머니는 동민이 운영을 만나고 온 것을 알고는 회초리를 들었다. 괄시하거나 혼낼 뿐 체벌은 하지 않던 분이었다. 동민도 잘못을 저지르거나 말대꾸를 한 적이 거의 없었다. 그런데 그날은 외할머니가 동민을 호되게 꾸짖었다.

"내가 타지인들 만나면 입에 오르내린다고 하지 않았으냐? 우리하고는 갈 길들이 다르고 언젠가 떠날 사람이니 그들과 교류한들 서로 상처만 입을 뿐이라고 몇 번을 말해야겠느냐."

동민은 종아리에 멍이 퍼렇게 들 정도로 맞았다. 그날 밤 분에 차서 잠이 들지 않았다. 자정이 좀 지났을까 화장실을 가려고 일어날 생각을 하는데 방문이 삐거덕 소리를 내면서 열렸다. 수민은 곤히 잠들어 있었다.

누구일까 궁금해 눈을 다시 감았다. 귀를 쫑긋했다.

아, 할머니였다. 외할머니의 냄새였다. 그리고 버선발로 방문을 스사삭 스치듯이 들어오는 소리가 분명했다.

외할머니는 동민의 바지를 걷어서는 회초리 자국을 부드럽게 어루만지다가 안티푸라민 연고를 발랐다. 서울에서 엄마가 사다드린 것으로 아껴 쓰던 것인데 동민의 종아리에 넉넉하게 퍼서 발랐다.

"에고, 네가 무슨 죄가 있겠느냐. 다 즈이 어미가 남자 잘못 만나 과부가 될 팔자에 평생 밥벌이를 해야 되니, 이 무슨 척박한 팔자이며 너희들을 여기 맡기고 밤에 잠이 오겠냐 말이다. 동민아, 집안에서 반대하는 데는 다 뜻이 있으니 그 여자애는 만나지 말아라."

외할머니는 동민이 듣고 있을 거라 생각하듯이 말했지만, 동민은 끝까지 자는 척을 했다.

다음 날 아침까지도 종아리에서 안티푸라민 연고 향이 강하게 났다.

집안의 반대에도 동민은 꿋꿋하게 운영을 만났다. 순정, 남경과 같이 만났지만 시선과 관심은 온통 운영에게 있었다.

극적인 사건이 일어난 것은 외할아버지의 제삿날이었다. 동민은 남경이 들고 온 썰매를 빌려서 꽁꽁 언 개울에서 탔다. 운영은 빨간색 코트에 빨간 모자를 쓰고 나와 요정 같아 보였다.

동민은 운영을 썰매 뒤에 태워주었다. 남경은 엄마가 찾는다고 해서 집으로 돌아가고, 동민은 제사를 준비해야 해서 집으로 돌아가려 했다. 운영도 얼음을 밟고 동민을 뒤따라 얼음에서 나오려는데 갑자기 지직하는 소리가 나더니 얼음에 금이 가고 운영이 개울물로 쏙 빠졌다.

"엄마얏!"

"운영아!"

동민은 잽싸게 운영이 빠진 곳으로 가려 했지만 얼음에 금이 계속 가서 녹록지 않았다. 동민은 긴 나뭇가지를 운영에게 던져보았으나 짧아서 닿지가 않았다.

이때 뒤늦게 놀러나온 순정이 외쳤다.

"동민아, 위험해! 어른들을 불러오자!"

"아니 그럼 늦어! 순정아, 네가 불러와."

순정은 마을로 향해 뛰어갔고, 동민은 얼음이 안 깨진 데로 엉금엉금 기어서 운영이 빠진 개울까지 다가갔다.

"운영아, 겁내지 말고 내 손을 꼭 잡아, 어서!"

운영은 떨리는 눈빛으로 동민에게 손을 내밀었다. 덜덜 떠는 운영은 침착하게 손을 멀리 뻗었다. 동민은 운영의 손을 잡아 끌었다.

"운영아 몸을 여기에 걸쳐봐!"

동민은 운영을 잡아끌어 개울가의 바위 위에 올라가게 도와주었다. 운영은 안전하게 바위 위에 올라갔다. 그 순간 얼음에 금이 가면서 동민이 물속으로 깊게 빠져들었다.

풍덩 소리와 함께 동민은 깊은 물속에 들어갔다. 차가운 물이 온몸에 느껴졌다. 개울 안 저쪽에서 누군가 잡아끄는 것처럼 빨려 들어가는 것 같았다. 긴 시간이 흘러가는 것 같았다.

동민의 뇌리에 돌아가신 아버지, 엄마, 동생, 친구들 그리고 할머니, 마지막으로 운영의 모습이 스쳐 지나갔다.

동민은 그 순간 살아야겠다는 생각에 어푸푸 거리면서 저 위로 솟구쳐 올랐다.

"여기다! 여기 있다!"

마을 어른들의 목소리가 들렸다. 누군가 동민의 팔과 다리를 잡아서 끌어올렸다. 동민은 어른들에 의해 건져졌다.

어른들이 모닥불을 피워놓았는지, 따뜻한 기운이 동민의 얼음장 같은 몸에 전해졌다. 사람들이 다가와 동민의 손과 발을 주물렀다. 누군가 뺨을 때리면서 이름을 큰 소리로 불렀다. 동민은 가물거리는 정신을 잡으려 했지만 그만 정신을 잃었다. 꿈에서 동민은 파릇파릇한 잔디밭을 걸어가고 있었다. 저 멀리 누가 서 있었다. 동민은 기쁜 마음에 다가갔다. 꼭 아버지 같았다.

"아버지, 아버지."

그 남자는 어두운 표정으로 동민을 돌아가라고 손짓했다. 동민은 따라가려고 했지만 어느새 주위가 어두워졌다. 동민은 하는 수 없이 온 길로 다시 돌아갔다. 잔디밭을 지나 들꽃 길을 따라서 불빛이 밝아오는 곳으로 향해 나아갔다.

동민은 불빛이 나오는 곳으로 빨려들 듯이 들어갔다.

"어…어… 춥다."

깨어나 보니 외할머니 주무시는 안방 아랫목에 누워 있었다. 젖은 옷은 갈아입혀져 있었다. 아랫목이 뜨거운 데도 온몸에 소름이 돋았다. 오슬오슬 추웠다.

향 내음이 나는 걸로 보아 제사를 지내는 것 같았다. 동민의 손과 다리를 주물러주던 김미자는 동민이 깨어나자 흑 하고 울음을 터뜨렸다.

"동민아… 괜찮아…?"

"어, 엄마. 제사 지내야죠."

동민이 몸을 일으키려는데 김미자가 말렸다.

"쉬어도 돼. 운영이는 집에 잘 돌아갔다. 앞으로 개울가에서 놀지 말아라. 그리고…."

김미자는 잠시 뜸을 들였다.

"외할머니가 운영이와 노는 걸 못마땅해하신단다. 남의 입에 타지인의 자식과 얽혀서 오르락내리락하는 게 싫으시대. 게다가 오늘 그런 일도 있고…."

동민이 몸을 벌떡 일으키고 사정을 했다.

"엄마, 제 잘못이어요. 제가 썰매 타고 놀자고 했던 거고요. 운영이는 잘못이 없어요."

김미자는 한숨을 내쉬었다. 그리고는 나직한 목소리로, 점을 보러 갔는데 물가에서 노는 게 위험할 수 있댔으니 앞으로 개울가에 나가지 말라고 했다. 김미자는 제사를 지내는 대청마루로 나가 동민이가 깨어났다고 전했다. 동민도 미안한 얼굴로 고개를 푹 숙이고 마루로 나갔다.

그날 외할머니는 무척이나 심기가 불편한 얼굴이었다. 제사상 음식에도 트집을 잡고 이것저것 불평을 늘어놓더니 화를 버럭 냈다.

"내가 나이 들어 우습게 보이더냐? 상을 무슨 이렇게 성의 없이 차리느냐."

큰 외숙모가 정성껏 준비한 제사상을 외할머니는 발로 툭 차고 밥과 국을 그대로 엎었다.

큰이모가 말렸지만 소용이 없었다.

"엄마, 대체 왜 그러세요. 올케언니가 얼마나 정성드려 올린 건데요."

외할머니는 큰이모 팔을 뿌리치고 과일도 엎었다.

"너희들이 내 재산 아니면 오겠느냐? 잘 들어라. 나 앞으로 혼자

살려니까, 동민이 어미는 동민이, 수민이 데려가거라. 출가한 딸이 면 특별한 일 없으면 다시는 이 집에 발 들이지 말거라. 에구야, 내 나이가 몇인데 아직도 먼저 간 남편 제사를 올린다냐. 너희들 당분 간 이 문턱을 아무도 넘지 말거라. 오늘 제사는 이만 끝내거라."

동민은 그 순간 느꼈다. 외할머니는 자신을 이곳에서 떠나보내 운영과 멀어지게 할 심산이셨다. 엄마는 고개를 푹 숙이고 터져나 온 눈물을 손수건으로 틀어막으면서 마루 아래 신발도 신지 않고 내려섰다.

엄마는 잠시 마당으로 내려가 몸을 숨겼다. 이모가 따라가 보았 지만, 엄마는 끝내 제사상 앞으로 나오지 않았고 그날 밤 외갓집을 떠났다.

듣기로는 친구네에서 하룻밤 잤다고 들었다. 이틀 뒤인가 엄마 는 외갓집에 모습을 드러내 동민과 수민의 옷가지와 소지품을 모 두 챙겼다. 엄마가 먼저 서울로 짐을 가지고 갔고, 전학 수속을 밟 고 내려와 동민과 수민을 데려가기로 했다.

동민은 은향리를 떠난다는 게 실감이 나지 않았다. 하지만 곧 동 네에 동민이 서울로 간다는 소문이 퍼졌고 남경과 순정이 집으로 찾아와 한참 말을 나누었다.

순정은 못내 서운해하면서 눈물을 보였다. 남경은 운동회나 소풍 때에 부모님이 찍어준 사진 중에 동민이 들어가 있는 걸 가져다주었다.

동민이 떠나기 며칠 전 저녁 운영을 만날 수 있었다. 할머니가 언짢아할까 두려워 개울가에서 몰래 만났다. 순정이 운영을 만나 약속장소와 시간을 전달해 주어서 간신히 만날 수 있었다.

운영은 비가 천천히 오는 징검다리를 살포시 건너 동민이 있는 곳으로 다가왔다. 날이 풀려 개울의 얼음은 다 녹아 있었다.

"동민아."

"운영아…."

동민은 눈시울이 붉어지면서 말을 할 수 없었다. 운영은 담담해 보였다.

"나 때문에 큰일 겪을 뻔해서 미안해."

"아니야, 오히려 내가 썰매를 타자고 해서 더 미안해."

운영은 손에 메모지를 건네주었다.

"이거는 우리 집 전화번호. 전화를 놓아서 이제는 서울서도 연락받을 수 있단다."

동민은 메모지를 접어서 셔츠 앞주머니에 소중하게 넣었다.

운영은 손에 든 자그마한 종이봉투를 건넸다.

"내가 아끼는 곰 인형이야. 선물로 받아줘."

동민은 고마운 마음이 들었다.

"난 아무것도 준비한 게 없는데…."

"아니야, 여기 은향리 와서 네게 신세를 많이 진 것 같아. 참으로 고마워. 학교에서도 친구들 없을까 봐 늘 신경 써주고 그런 게 참 고맙다."

운영의 목소리가 떨렸다. 동민은 운영의 손을 잡았다. 찬바람이 불었지만 마음은 따뜻한 훈풍이 불고 있었다.

"내가 서울서 5학년에 올라가면 전화할게. 그리고 외갓집 올 때 만나러 올게. 만나줄 거지?"

운영은 조용히 고개를 끄덕였다. 밤하늘의 별 무리가 고요하게 세상을 비추는 가운데, 동민은 운영과 시선을 마주치고 잠시 서 있었다.

친구로서의 감정 그리고 막연한 이성으로서의 감정 두 가지 마음이 섞여 있었다.

동민은 운영의 집까지 데려다주면서 긴 거리를 걸었다. 가로등도 없는 어둠 속에서 오롯이 둘이 서로 의지하면서 걸어나갔다. 걷는 동안 동민은 무척 행복하였다.

며칠 후 집을 떠나던 날 동민은 누워 계시던 외할머니가 뒷간에 가려고 몸을 일으켰을 때 인사를 드렸다.

외할머니와 시선이 마주친 동민은 진심을 알 수 있었다.

두려움이었다. 홀로 남겨진다는 두려움. 동민도 그 시선에 담긴 걸 잘 안다. 자신도 집에 덩그러니 아버지의 영정 사진과 남겨져 무척 두려웠고 그래서 도자마을에 내려온 것이었다. 엄마도 홀로 남겨져 얼마나 무서웠을까.

외할머니는 그럼에도 불구하고 동민을 서울로 올려보내 운영과 떨어지게 하려는 마음일 것이었다.

왜 그럴까.

동민은 자못 궁금했지만, 집안에서 원하지 않는 상대와 결혼해 지금까지도 집에서 얼굴도 못 들고 늘 죄인이었던 어머니를 생각하면 그럴 법하다.

그리고 엄마가 반대하는 결혼을 해서 과부가 되는 운명을 받았다는 걸 외할머니는 진심으로 믿고 있다는 거였다. 만약에 동민이 운영과 맺어진다면 그런 운명을 또 겪는다는 걸 두려워하고 계셨던 것이다. 게다가 제삿날에 겪은 일 때문에 더 그런 믿음이 생긴 것 같았다.

동민은 서울로 전학 와 5학년에 들어갔다. 수민이도 2학년에 들어갔다.

동민은 열두 살이었지만 집안 내력으로 인해 어른이 되어가고 있었다.

그렇게 동민은 쫓기듯이 서울로 올라와 수민과 함께 사대문 밖 강남에 있었던 초등학교에 전학하게 되었다.

논과 밭밖에 없는 곳이었지만, 개발의 물결을 타고 올라 아파트가 하나둘씩 집 주변에 생겨났다. 엄마도 알뜰히 모은 돈으로 입주권을 마련해서 동민과 수민은 작은 아파트에서 새롭게 살 수 있었다.

동민은 전학 간 학교에 흥미를 갖지 못했다. 성적은 잘 나왔고 교우 관계도 괜찮았지만, 본인 스스로 과거에서 놓여나지 못했다.

가을이 될 무렵 동민은 무척 아파서 학교를 쉬었다.

"동민아, 오늘은 학교 가야지."

출근 전에 김미자는 동민을 채근했지만 일어나지 못했다. 하는 수 없이 수민만 학교에 데려다주었다. 주말에 김미자는 어렵게 알아보았다면서 수민을 이웃집에 맡기고 동민과 버스에 올라탔다.

버스는 서울 변두리로 한참이나 들어갔다. 동민은 차창 밖으로 판잣집과 개울을 내다보았다. 집과 꽤 먼 곳이고 버스도 두 번이나 갈아탔다.

버스에 내려 판잣집이 가득한 마을을 따라 산자락으로 올라가니 낡은 기와집이 나왔다. 마당에는 돗자리에 여러 사람들이 앉아서 기다리고 있는 중이었다. 작은 간판에 '사암침 한의원'이라고 적혀 있었다. 김미자는 차례를 봐주는 직원에게 왔다고 일러주었다.

반나절도 더 기다려 어둑해질 즈음에야 동민의 순서가 되었다. 안방으로 들어가니 여러 한약재가 들어 있는 서랍장 앞에 하얀 머리를 상투 튼 할아버지가 앉아 있었다. 하얀 저고리와 바지를 입고 있어 조선 시대 사람 같았다.

얼굴에는 주름과 점이 없어 무척 젊어 보였다. 한의사는 동민의 맥을 잡아보고 얼굴을 유심히 들여다보았다. 그리고 이것저것 묻더니 단정지어 말했다.

"소양인이네, 애가 열이 많은데 뭔가 속상한 일이 전에 있었나

본데, 무슨 일이 있었어?"

김미자는 놀란 얼굴로 동민이 전학을 간 학교에서 재미를 못 붙이는 것 같다고 말했다. 한의사가 더 꼬치꼬치 묻자, 김미자는 외할머니가 동민을 탐탁지 않아 했고 4년을 넘게 살아 그게 병이 된 것 같다고 했다.

한의사는 고개를 저었다.

"그것보다는 상사병 같은 건데…."

동민은 호기심 어린 표정으로 귀를 쫑긋했고, 김미자는 놀라서 되물었다.

"네? 상사병이요? 누구를 좋아하고 그러는 거요?"

김미자가 슬며시 웃자 한의사는 호통을 쳤다.

"상사병으로 죽는 사람도 있어. 꿈이 좌절되고 익숙한 것과 헤어지고 그러면 생기는 게 그 병이야. 아이가 소양인인데다가 시골에 무엇을 두고 왔는지 속병이 화병으로 변했구먼. 약재 지어가고, 멀더라도 가끔은 진맥도 보고 침도 맞고 가."

그날 동민은 여러 사람과 빙 둘러앉아서 한의사가 놓는 사암침을 손과 발에 맞았다. 침을 맞을 때마다 찌릿찌릿한 전기가 오르는 것처럼 몸이 움찔거렸다.

동민과 김미자는 한약재를 반반씩 나누어 들고 산자락을 내려가 버스 정류장에 도착했다. 버스를 기다리면서 김미자는 차분히 말했다.

"동민아, 미안하다."

동민은 눈을 끔벅했다.

"읍내 지점장 딸하고 많이 친했다면서… 네가 많이 좋아했지…?"

동민은 그 사실을 할머니만 알고 있다고 생각했지만, 오산이었다.

"아버지가 참 안되게 돌아가셨다고 들었어, 운영이 말이야. 할머니는 혹시라도 그 아이가 너와 친해져서 나처럼 집안 반대로 연애하는 것을 저어하셨던 것 같아. 동민아, 미안하다. 너의 의견은 묻지도 않고 어른들 편한 대로 시골도 가고, 시골에서 서울로 전학도 와야 하는구나…"

김미자는 눈물을 흘렸다. 동민의 마음이 아팠다.

"엄마, 외갓집에 내려가겠다고 한 건 저니까 그건 아니에요. 하지만…"

동민은 더 말을 잇지 못했다. 외갓집에서 쫓겨나다시피 나온 것은 정말 큰 상처였다.

"당분간 외갓집에 가지 말자. 우리 셋, 정말 잘 살 거야, 정말 잘 살 거야… 남부럽지 않게."

그 사이 버스가 왔다.

김미자는 한 번 크게 훌쩍이고는 울음을 그치고 한약재 보따리를 들고 버스에 올라탔다. 동민도 그 뒤를 따라 한약재를 들고 탔다.

병이 나아 엄마를 지켜주어야 한다는 생각이 강하게 들었다.

주홍빛 저녁놀이 주변에 내려오고 어느덧 어둠이 가득했다. 버스에서 맨 뒷좌석에 앉은 동민은 꾸벅꾸벅 졸았다. 갈아타는 정류장에서 동민이 먼저 일어나 김미자를 깨웠다.

사암침은 한 달에 한 번 맞으러 갔지만, 한약은 하루에 한 번 꼭 마셨다.

동민은 점차 기력을 회복하고, 학교 축구부에도 가입했다. 얼굴과 팔, 다리가 구릿빛으로 탈 정도로 열심히 운동했다. 그리고 공부도 열심히 해서 6학년에는 반장과 학생회장을 도맡아 했다. 문남경, 임순정에 버금가는 좋은 친구들도 늘었다. 여의도 광장에 놀러 가서 자전거도 타고 라면 회사에서 신제품으로 출시한 컵라면도 먹었다.

그리고 입가심으로 누가바나 바밤바를 먹었다. 달콤한 아이스크림은 도자마을에서는 맛볼 수 없는 서울의 신문물 맛이었다.

롤러스케이트를 타면서 여의도 광장을 내달리는 동민을 친구들은 따라잡을 수가 없었다.

바람은 시원하고 상쾌한 기분이 들었다. 하지만 이내 어딘가 허전한 구석은 떨쳐버릴 수가 없었다.

강운영. 가끔 운영이가 생각났다. 하지만 뒤이어 엄한 외할머니의 얼굴이 떠올랐다. 멀리서 들려오는 소문에 할머니가 가끔 다리도 절고 허리도 굽었고 기운이 예전만 못하다는 말도 있었다. 엄마는 외갓집에 가고 싶어했다. 내려갈 때 동민에게 수민을 맡기고 내려갔다. 밥은 이웃집에 부탁했다.

동민은 운영이가 보고 싶었지만, 수민이를 돌보느라 갈 수 없었다.

명절에도 간간이 외갓집에 갔지만 운영이를 만나지 말라고 경고하는 할머니에게 거짓말하기 싫어 운영을 따로 만나거나 하진 않았다. 할머니는 들려오는 말처럼 허리가 굽고, 다리를 저셨다.

어느덧 동민은 고등학교에 입학할 나이가 됐다.

음악 담당 교생 선생님과 초등 동창회,
'사랑할꺼야'

동민은 고등학교에 입학했다. 명문고에 들어갔고 학교의 면학 분위기에 스며들었다. 동민은 법학과에 진학하기를 바라는 엄마의 뜻을 따라 법대 진학을 목표로 공부했다. 성적은 곧잘 나왔지만, 공부를 잘하는 친구들이 워낙 많아 성적이 떨어질 때도 있었다.

기말고사를 못 봐서 조금 심상한 때였다. 교생 선생님들이 사범 대학교에서 교생 실습을 나왔다.

특히 여자 교생 선생님들이 많이 오셨는데 남학생들 사이에서 일대 소란이 일어났다.

교생 선생님에게 아침마다 꽃을 가져다주는 학생, 음료수를 드리는 학생, 편지를 드리는 학생 등등 사모하는 상대에게 선물과 편지를 주는 일들이 열풍처럼 일어났다.

학교에서는 자중하라면서 학생들을 혼냈다. 동민도 음악 교생 선생님에게 조금 관심을 가졌다. 머리를 굽실거리는 웨이브 펌으로 하셨고 유행하는 파스텔톤 스커트에 재킷을 입으셔서 무척 세련되어 보이는 분이었다.

음악 시간에 동민은 지휘를 맡았고 교생 선생님은 피아노를 연주하면서 〈고향의 봄〉 〈대니 보이〉 노래를 학생들이 한목소리로 합창했다.

동민의 마음 한구석이 이상하게 허전했다. 그리고 그날 밤 잠들기 전에 카세트 플레이어로 영어 회화를 들으면서 공부하다가 문득 생각에 잠겼다. 그리고 책상 구석에 둔 곰 인형을 쳐다보았다. 기억이 떠올랐다.

강운영, 운영이.

운영이를 잊고 지냈다.

'급우들은 교생 선생님들을 사모하지만 나는 운영이를 내내 생각하고 있구나.'

머리로는 엄마도 반대하고 동네 사람들 입에 오르내리면 안 되니까 잊어야 한다고 결심했다.

하지만, 감성적인 노래를 들을 때 마음은 그렇지 못했다.

운영이를 만나야 한다.

만나서 할 이야기가 있다.

그립다.

그리고 못내 보고 싶다.

이게 동민의 마음이었다.

동민은 이러지도 저러지도 못하는 마음으로 먼 곳 은향리 도자 마을에서 지냈던 추억을 생각하고 운영이를 그리워했다. 남경과 순정이도 무척 보고 싶었다.

그렇게 겨울방학을 맞이할 무렵 동민은 집에서 공부하다가 한 통의 전화를 받았다.

"오빠, 전화 받아."

"누구인데?"

"순정이 언니 기억나지? 왜 머리 양 갈래로 묶거나 땋고 예쁘게 생긴 언니 말이야."

"아!"

동민은 거실로 부리나케 달려가 전화를 받았다.

"여보세요, 순정아!"

"동민아!!! 동민이 맞아? 나 순정이야."

"어, 나다. 동민이."

순정의 목소리는 무척 밝았다.

"동민아, 우리 고등학교 2학년에 들어가기 전에 초등학교 동창들끼리 만나기로 했어. 올 수 있지? 너가 꼭 왔으면 해서. 어쩜 그리 연락이 없었니? 전화도 없고."

동민은 가장 먼저 운영을 떠올렸다. 하지만 입 밖에 차마 내뱉지 못하는데, 순정이 그 마음을 안다는 듯이 먼저 말했다.

"운영이도 나올 거야. 문남경도 마찬가지고. 날짜는 1월 12일인데 그때가 방학이기도 하고 가장 한가한 날이잖아. 농사짓는 집 애들도 그렇고. 올 수 있지? 읍내 광장 시계탑 앞에서 만나자."

동민은 그날부터 심장이 두근두근 뛰기 시작했다. 운영이를 초등학교 5학년 때 서울로 전학 오면서 만나지 못했다. 할머니를 뵈러 갈 때 죄스러워서 운영이를 따로 만나지 않았다. 왜 그런지 그래야만 할 것 같았다. 하지만 동창회는 다른 일이다. 다 같이 만나니 상관이 없었다.

동민은 도자마을로 내려가는 버스 편을 알아보았다. 고속터미널에서 새벽 5시에 첫차가 있었다. 올라오는 차는 읍내 시외버스터미널에서 7시가 막차였다. 막차를 타고 오면 3시간 걸려 터미널에 도착하고 집에 전철을 타고 들어가면 밤 11시 전에 들어갈 수 있었다.

동민은 그날부터 밤마다 공부하면서 쉬는 시간에 틈틈이 라디오를 들었다. 장유진 성우가 진행하는 〈가요산책〉을 들었다. 매일 오후 4시에 방송하지만 학원에 갈 시간이라 못 들으면 수민이에게 카세트 플레이어로 녹음하게 시켜 밤에 재생시켜 들었다. 장유진 진행자는 〈로마의 휴일〉 영화에서 오드리 헵번의 목소리를 연기한 성우로 감미로운 목소리를 듣고 있으면 진짜 할리우드 배우가 말하는 것 같았다.

가요 한 곡마다 특별한 사연을 읽어주는 방송을 듣고 있으면 동민은 어느덧 도자마을의 복숭아꽃밭에 와 있는 것처럼 느꼈다.

드디어 지루한 크리스마스와 연말이 지나고 1월이 다가왔다. 1월 12일 동창회까지 왜 그렇게 시간이 안 가는지 죽는 줄 알았다.

드디어 12일, 동민은 엄마에게 친구들 만나러 도서관 간다고 말하고는 부리나케 전철을 타고 고속터미널역으로 향했다.

7시 차를 타고 내려가면 동창회 시간에 맞출 수 있었다.

동민은 새벽 차를 타고 정암면으로 향했다. 드디어 정암면에서 가까운 터미널에서 내려서 버스를 갈아타고 읍내 광장 시계탑으로 향했다. 동민의 손에는 운영에게 줄 서울에서 산 쿠키 선물이 들려 있다. 동민은 달렸다. 뜀박질해서 시계탑으로 가니 약속 시간보다 1시간 먼저 나와 있었다. 아직 친구들은 오지 않았다.

겨울 추위가 매서웠다. 하지만 동민은 추운 줄 몰랐다. 얼굴에는 화끈한 열기마저 느껴졌다. 전학 간 이후로 지금에서야 운영을 보게 되는 것이다.

이때 등 뒤에서 누군가 탁 쳤다. 동민은 뒤돌아보았다.

운영이었다. 운영도 일찍 나온 것이었다. 동민의 뺨에 홍조가 올랐다. 말도 나오지 않았다. 입술은 달싹이는데 단어가 나오지 않았다. 운영이 먼저 운을 떼었다.

"동민아, 반갑다."

"운영아!"

동민은 운영의 손을 꽉 잡았다. 잠시 마주 선 채로 시선을 마주쳤다. 운영의 눈빛에는 설레고, 미안하고, 고마운 복합적인 감정이 들어 있었다.

"오느라 힘들었지?"

"아, 아니! 하나도 안 힘들게 정말 즐겁게 신나게 왔어."

그때 누군가 뒤에서 등을 탁 쳤다. 동민이 뒤돌아보니 남경과 순정이었다. 그들은 동민의 어깨와 등을 같이 때리면서 마구 웃었다.

"야, 연락도 없이 그간 살다가 동창회 한다니 지금에서야 나타나니? 운영이 보려구?"

남경의 말에 순정은 더 거세게 때렸다. 동민이가 사죄하면서 말했다.

"미안! 미안! 학교생활이 바빠서 그랬어. 동생도 주말에 봐야 하구 말이야."

동민은 손에 든 쇼핑백을 슬쩍 뒤로 감추었다. 순정은 알겠다는 듯 고개를 돌렸다. 동민은 쇼핑백을 얼른 가방 안에 넣었다.

곧이어서 초등학교 친구들이 속속들이 시계탑 앞으로 모여들었다. 키가 훌쩍 큰 친구, 엄청나게 잘생겨진 친구, 여드름이 난 친구, 무척 예뻐진 친구들 등 여럿이 모였다.

용곤이도 왔는데 키는 그리 자라지 않았지만, 살이 쪄 있고 얼굴에는 어딘지 모르게 시무룩한 기운이 있었다.

동민의 눈에는 운영이 가장 예뻐 보였다. 깊은 뜻이 담긴 그윽한 눈매와 오똑한 코와 굳게 다문 입술에는 르네상스 시대의 명화 속

책 읽는 소녀 같은 느낌이 들었다.

동민은 미술책에서 프라고나르나 르누아르의 그림 속 소녀를 볼 때마다 운영과 비슷하다는 느낌을 받았다.

동창들은 남경과 순정의 제안으로 돈을 걷어서 시계탑 근처 빵집으로 갔다. 팥빵과 크림빵, 소보루빵과 사이다를 시키고 남자 여자가 마주 보는 식으로 앉아서 오랜만이다, 반갑다는 인사와 함께 예전 이야기들을 하면서 추억을 꽃피웠다. 남경은 졸업 앨범을 들고 나와서 친구들의 예전 모습을 보여주었다. 모두 과거를 회상하면서 즐거워했다.

동민은 운영과 마주 보고서 도자마을에서 있었던 일들을 이야기했다.

동민은 자전거에서 넘어져 다친 무릎의 상처가 다 나아서 없어진 것을 보여주고, 운영은 미술대회 때 숲속에서 풍경화를 그렸던 일을 떠올렸다.

동민은 운영과 좀 더 말해보고 싶었지만, 친구들이 서울 이야기를 듣고 싶어해 좀처럼 이야기할 기회가 나지 않았다. 하지만 용기를 내서 운영에게 슬쩍 말했다.

"운영아, 서울에 놀러 와. 내가 명동 같은 시내 안내해줄게."

"어머, 나도 서울에서 살다가 4학년에 은향리에 온 거라구. 너만 서울내기인 줄 알아?"

"하하, 그런가. 그러면 서울 와서 나 좀 좋은 데 안내해줘."

동민의 말에 운영은 활짝 웃었다.

빵집에서 요기하고 나와 모두들 약속이나 한 듯이 어깨동무를 하고 초등학교 운동장으로 향했다.

"우와, 정글짐이 새로 생겼다."

"여기 봐봐, 후배들은 좋겠다. 축구 골대도 생기고."

"어어, 이순신 동상은 새로 칠했나 봐. 그때는 여기저기 벗겨진 데도 많았는데 말이야."

"와, 내가 철봉에 새긴 낙서가 아직도 있어. 하하하."

동창들은 학교가 달라진 모습을 즐거이 확인했다.

운동장에 둥글게 둘러앉아서 수건돌리기 게임도 하고, 달리기도 하고 축구도 했다.

그날 모임이 끝나고, 동민은 친구들과 헤어져 운영을 집에 데려다주려고 나섰다.

운영의 집은 읍내에서 멀지 않은 골목길에 있다고 했다. 가는 길에 낡고 허름한 집들이 동민의 눈에 들어왔다. 예전에는 번듯한 양

옥집에서 살았는데, 아버지 돌아가시고 난 후 이사도 가고 집안 형편이 많이 기운 듯 보였다. 운영은 골목 끝의 작은 집으로 앞장섰다. 동민이 따라 들어가는데 옆집의 개가 컹컹컹컹 사납게 짖었다.

"어서 들어와. 옆집 개가 가끔 나와서 물려고 들 때도 있어. 우리 집 많이 달라졌지?"

동민은 가난이 사람을 얼마나 초라하고 힘들게 하는지 잘 알고 있어 내색하지 않았다,

"동민아, 버스 시간이 늦지는 않을까?"

"나 아직 막차까지는 시간이 있어."

"그럼 잠깐 들어와."

동민은 신발을 벗고 댓돌을 밟고 마루로 올라갔다.

"저쪽 방은 엄마가 쓰시고 이 방은 언니와 같이 쓰는데, 언니는 일하러 갔어."

동민은 운영의 방에 들어갔다. 낮은 책상과 걸상이 보였다. 그리고 옷가지들이 벽에 걸려 있고 서랍장 위에 이불이 단정하게 개켜져 있었다.

"앉아 있어. 군고구마와 옥수수 좀 내올게."

운영은 부엌으로 가서 부뚜막 위에 놓여 있는 군고구마와 옥수

수를 방으로 가지고 들어갔다.

동민은 걱정이 되어 물었다.

"어머니에게 인사 안 드려도 돼?"

"아까 문틈으로 보았는데 주무셔."

동민은 고개를 끄덕이고 운영이 껍질을 까주는 군고구마를 한입 베어 물었다. 입안이 따뜻해졌다. 달짝지근한 맛이 느껴졌다.

"정말 맛있다. 네가 구운 거야?"

"응. 아침으로 먹기도 해."

동민은 운영과 이것저것 이야기를 나누다가 버스터미널로 가기 위해 일어섰다. 운영이 자전거를 가져왔다. 이번에는 운영이 앞에 타고 동민이 뒤에 올라탔다. 운영은 힘차게 페달을 밟아서 읍내 근처 버스터미널로 향했다.

막차 시간 되기 전에 아슬아슬하게 터미널에 도착했다.

"운영아, 서울에 와. 같이 만나자."

운영은 동민과 헤어지기 전에 이렇게 말했다.

"서울에 가겠다는 약속은 하기 힘들어. 나중에 전화로 말해줄게. 사실 엄마가 많이 아프셔."

운영은 아버지가 돌아가신 후에 엄마가 정신적 충격을 받아서 자주 아프곤 한다는 말을 덧붙였다.

동민은 손에 든 쇼핑백을 건넸다. 운영의 집에 두고 온다는 것도 깜박 잊을 정도로 정신이 없었나 보다. 그게 아니라면 선물을 준다는 게 못내 쑥스러워 뒤늦게 건네는 것이다.

"네가 준 곰 인형 기억나지? 그 곰 인형 모양의 쿠키야. 미도파 백화점 제과점에서 파는 건데, 너 주려고 거기까지 다녀왔다. 우리 크리스마스에 거기에 같이 가보자. 대형 트리가 설치되고 거기서부터 명동 거리까지 사람들이 흘러넘친대. 꼭 가보자."

운영은 말없이 미소만 지어 보이며 동민에게서 선물을 받았다. 동민은 버스 시간이 되어 버스에 올랐다. 차창 밖으로 손을 흔들다가 창문을 열고 큰 소리로 말했다.

"운영아, 편지 보낼게. 전화도 꼭 할게. 네가 받아야 해. 알았지?"

운영은 멀어지는 버스를 보고 손을 흔들면서 입 모양으로 알았다는 대답을 했다.

5

운영과 여의도 광장 데이트,
'희망사항'

동창회 이후 동민은 사랑의 열병에 휩싸였다. 운영이 매일매일 보고 싶었다. 하지만 버스로 세 시간 정도 가야 하는 물리적 제약으로 그렇게 할 수 없었다. 게다가 동민이가 운영의 집에 밤에 전화하면 운영의 어머니와 언니가 전화를 받기도 해서 선뜻 바꿔달라고 하기도 민망했다.

공부에 전념해야 할 고등학생 간의 교제는 사회적으로 제약을 받던 시절이었다.

친구들과 축구를 하고 교실로 들어가던 중에 동민은 한 친구와 어깨가 탁 부딪혔다. 이성연이었다.

반에서 공부는 그럭저럭하는 편이고 작문에서 실력을 발휘하는 친구였다. 문학 동아리 회장이고, 학교 독후감 대회에서 상을 제법 탔다.

"엇, 미안해."

성연이 안경을 고쳐 쓰고 지나쳐 가려는데 동민은 문득 아이디어가 떠올랐다.

"성연아, 나 글 쓰는 것 좀 가르쳐주라."

"어? 음… 그럼 문학 동아리에 들어와야 하는데. 가능하겠어?"

동민은 선뜻 대답했다.

"어차피 신학기라 한 번쯤 새로운 동아리에 들고 싶었어. 이따 하교하고 문학 동아리로 가볼게."

그날 동민은 오후에 문학 동아리에서 성연과 다시 만났다. 성연은 신입생들을 새로운 부원으로 맞았다. 그리고 돌려보내고 나서 동민과 마주했다.

"으음, 우리 〈별하나 문학반〉에 들어오고 싶은 이유가 알고 싶은데?"

동민은 볼이 벌게졌다.

"그게 저. 사실은 좋아하는 친구가 있거든. 그런데 은향리에 살고 있어서 만나기도 어렵고 연락이 쉽지가 않아. 전화해도 가족이 받잖아.”

“은향리라, 예쁜 이름의 마을에 사네.”

“마을은 도자마을이라고 복숭아 마을을 뜻하는데 나도 초등학교 4학년 때까지 살다가 온 데야. 그런데 지난 겨울방학에 동창회에서 다시 친구를 만났어. 그 친구에게 진심이 어린 편지를 보내고 싶어.”

성연은 짐짓 진지한 표정을 지으면서 말했다.

“알았어, 도와줄게, 자 그럼 원고지를 꺼내볼까?”

동민은 놀라서 되물었다.

“원고지?”

“응. 자고로 편지라는 것은 말이야. 단번에 써서 내려가야 해. 그래야 군더더기도 없고 깔끔하고 편지지도 예쁜 글씨들로 가득해지지. 그러니 원고지에 연습은 필수야.”

“아, 그렇구나.”

성연은 원고지를 펼치고 첫 줄에서 한 줄 내려와 만년필을 댔다.

“이름은 뭐야?”

“강운영.”

"그럼 이렇게 시작하자, '나의 친애하는 친구 운영이에게' 이렇게 말이야."

"조금 그렇지 않을까?"

성연은 고개를 저었다.

"아니. 그래도 격식이라는 게 있으니까. 나 해외 친구들하고 펜팔도 '디어 마이 프렌드' 이렇게 시작하는데."

"아하, 그렇구나."

"그리고 동민아, 원고지에는 수정 작업을 통해 빨간 펜으로 얼마든지 고칠 수 있으니 일단 거침없이 써내려야 해. 그래서 원고지 작업이 필요한 거야."

동민은 그날 성연과 함께 운영에게 하고 싶은 말들을 원고지에 적어나갔다.

성연은 숙제를 내주었다.

"편지 쓰는 데 도움이 되려면 어느 정도 편지 쓰는 규칙을 알아야 해. 일단 이 펜팔 쓰는 법에 대한 책을 빌려줄게."

성연은 책꽂이로 가서 책 여러 권을 내밀었다.

"그리고 헤르만 헤세의 소설은 필수야. 내면의 심리를 잘 묘사했거든. 모름지기 편지를 쓰려면 자신과 타인의 심리를 들여다보는 것도 필수니까 말이지."

동민은 헤르만 헤세의 『데미안』 『수레바퀴 아래서』 등의 책을 받아들었다.

그날 밤, 동민은 원고지에 편지를 써서 완성해가면서 틈틈이 헤세의 소설을 읽어나갔다.

헤세의 소설에 이어 성연은 김승옥, 이문열, 김수영의 작품을 권했다. 동민은 밤마다 공부도 하면서 시간이 나면 소설과 시들을 읽어나갔다. 무릎을 치면서 깨닫기도 했고 눈물을 흘리기도 했다. 감동에 젖어 잠 못드는 밤이 계속됐다.

막연하게 법대에 진학해 법관이 되어 사회 정의를 실천해가겠다는 결심이 조금 흔들려나갔다. 글이라는 무기로 사람을 감화시켜 바르게 행동하게 할 수 있다는 생각이 들었다.

동민은 편지 쓰는 실력이 점차 늘어갔다. 드디어 첫 편지를 써서 성연에게 모니터링을 부탁했다.

성연은 안경을 들어 올리고 유심히 보면서 한참을 동민의 원고지 편지글을 읽어나갔다. 빨간 펜을 들고 교정 교열을 보고 아쉬운 점을 메모해나갔다.

"여기 돌려줄게. 교열이 틀린 부분은 그렇게 고치도록 하고, '너에 대한 내 마음을 알아주었으면 해.' 이 부분은 너무 강요하는 느낌이 들어 부담되니 삭제하고 다시 다른 말을 적어봐, 무엇이든지 구체적으로. 그리고 가볍고 자연스러운 느낌이 있어야 해. 그래야 우리 나이에 맞는 편지글이고 부담 없이 읽히지. 상대가 너를 자연스레 그리워하게 하는 마음이 들도록 말이야. 다시 고쳐서 줘봐."

동민은 성연이 건네준 원고지를 집으로 가져가 다시 고쳐 써서 드디어 합격을 받았다.

성연은 눈을 크게 뜨고 주의를 주었다.

"가장 중요한 것은 원고지에 적힌 글을 편지에 옮겨 적는 필사야. 글씨체가 예쁘고 안정적이어야 하고 웬만해서는 수정을 하지 않아 깔끔해야 해. 서점에서 펜글씨 교본이라는 책이 있으니까 국어 공책에 연습을 해봐."

그날부터 동민은 펜글씨 교본을 사서 글씨체를 연습해나갔다. 드디어 글씨체가 완성되던 날, 서점에서 산 예쁜 나뭇잎 무늬가 그려진 편지지에 편지를 써나갔다.

나의 그리운 친구 운영이에게

운영아, 지난번에 동창회에서 만나서 너무도 반가웠어.

그때는 몹시도 추운 겨울이었는데 어느덧 신학기가 지나 지금은 4월이네.

나는 우리 학교에서 제법 이름난 문학 동아리에 들어가서

명작 소설들을 읽고 서평과 토론하는 시간을 종종 가지고 있어.

그러다 문득 네 생각이 나서 만년필을 들었단다.

봄인데 어떻게 지내고 있니?

도자마을에는 지금 즈음 복숭아나무에 꽃망울이 올라오지 않았을까 생각돼.

조만간 복숭아꽃이 활짝 피어서 온 마을에 분홍빛이 넘실거리는 상상을

하니, 너와 내가 함께 거닐던 복숭아밭에 가고 싶다는 생각이 든단다.

이제는 어린아이가 아니니 자전거를 함께 타고 맘껏 내지를 수는 없지만

그래도 과거로 돌아가 같이 뛰놀던 시절이 그리워져.

혹시 시간이 괜찮다면 주말에 시간을 낼 수 있겠니?

4월 셋째 주 일요일, 내가 은향리 읍내 시계탑으로 갈게.

시간은 1시 즈음이 어떨까?

내가 이른 시간에 나오면 충분히 그때 도착할 수 있어.

만약 시간이 된다면 연락을 편지로나 전화로 밤에 주기 바란다.

학교에서 야간 자율학습을 하느라 늦게 집에 들어가니까.

부탁해. 운영아, 그리고 이건 광화문 교보문고에서 산 노트야.

표지가 참 예뻐 샀는데 우리 이걸로 교환일기를 쓰자.

이 편지와 함께 보낼 테니 나한테 하고 싶은 말이나 힘든 일이나

일상같은 일을 적어봐. 만날 때마다 일기를 교환하자.

그럼 다시 만날 날을 고대하면서.

너의 벗 동민이가

**❋추신

『지란지교를 꿈꾸며』라는 수필을 읽어보았니? 너무 아름다워서 떨리는 심정이었어. 다음번에 그처럼 예쁜 시들을 적어다 줄게.

동민은 추신에 만나자는 글을 거듭 넣고 싶었지만, 그것은 무례한 것이라는 성연의 의견에 추신에는 다른 이야기를 집어넣었다. 목적을 본론에 쓰고 추신에는 그저 못다 한 여운을 주는 게 아름답다는 성연의 평이 맞는 것 같았다.

동민은 편지를 곱게 접어서 편지 봉투에 넣고 풀을 붙였다. 편지와 노트를 넣은 봉투에 운영의 주소를 쓰는데 감개무량했다. 미리 사둔 우표에 풀을 꼼꼼하게 발라 턱 하고 붙였다. 운영의 주소는 저번에 남경이 보여준 초등학교 졸업 앨범 뒤에서 확인해 외워둔

게 다행이었다.

어느덧 마음은 버스를 타고 신작로를 지나 은향리에 도착해 운영을 만나고 있었다. 이제 은향리로 가는 길에는 새로운 넓은 길이 생겨 버스가 덜커덩거리지 않았다.

새마을 운동으로 시골길에 콘크리트 길이 깔렸다. 그 길은 신작로라고 불리는데 새로 만든 길로 자동차도 여러 대가 다닐 수 있게 만든 넓은 길이었다.

동민은 편지를 들고 집을 나섰다. 동네 골목 끝자락에 있는 우체통으로 달려갔다.

우체통에 편지를 넣은 동민의 마음은 이미 은향리 신작로로 향하고 있었다.

동민은 편지에 적은 날짜에 운영을 도자마을에서 만날 수 있었다. 시계탑에서 만나 운영의 자전거로 도자마을로 가서 예전에 다녔던 복숭아밭과 숲, 느티나무 아래를 거닐었다. 추억이 모락모락 떠올랐다.

봄을 맞아 복숭아꽃들이 활짝 피어 꽃비를 맞으면서 걸었다. 서로 좋아하는 시를 암송하고, 동민은 가곡을 불렀다. 운영이 가져온

마이마이 카세트 플레이어로 비틀즈의 노래를 들었다. 숲에서 시원한 바람이 불어와 운영의 머리를 흩날렸다. 운영은 하얀 칼라에 몸판에는 자잘한 꽃무늬가 수놓인 블라우스 위에 분홍색 카디건을 입고 체크무늬 스커트에 단화를 신었다. 동민은 조다쉬 청바지에 베이지색 점퍼를 단정하게 입고 운동화를 신었다.

잘 어울리는 고등학생 이성 친구로 보이겠지만, 그들은 순수한 마음으로 좋아하는 시와 음악, 영화 이야기를 공유하는 걸 즐겼다.

동민은 〈가요산책〉 프로그램에 엽서를 보냈지만, 번번이 딱지를 맞았다고 말하며 웃었다. 운영은 동민의 말에 맞장구를 치거나 작은 미소를 고요하게 짓거나 가끔은 박수 치면서 즐겁고 환한 표정을 지었다. 그날 헤어지기 전에 운영은 일상을 적은 교환일기를 건넸다.

운영의 교환일기 #1

동민아, 너의 편지를 받았을 때 정말 놀랐단다.

사실은 요 며칠 전에 옆집 개가 내 다리를 물 뻔해서 정말 조심해서

집에 들어가던 중이었어. 사나운 개라 조금만 발소리가 들려도 크게 짖거든.

막 대문 밖으로 나와 물려고 하고. 그때 봤지? 기억이 나지?

그런데 대문을 빨리 통과해 집으로 들어가려던 찰나,

우편함에 무언가 삐죽이 나와서 보니 너의 편지였단다.

언니하고 엄마보다 내가 먼저 발견해서 다행이야. 헤헤.

정성스러운 글씨체보다 그 행간에 보이는 진심 어린 마음이 돋보였어.

만나자는 말에는 살짝 당황했지만 그래도 나도 보고는 싶었는걸.

복숭아꽃은 이제 활짝 피었단다. 조만간 꽃잎이 비와 함께 떨어질 때 얼마나

예쁜지 알지? 앞으로 꽃잎을 모아 노트 안에 넣고 말리려고.

언젠가 교환일기에 예쁘게 붙여서 보여주려고 한단다.

『지란지교를 꿈꾸며』, 헤르만 헤세의 소설들 모두 나도 너처럼 좋아하게 됐어.

어쩜 그렇게 예쁜 말들이며, 마음을 울리는 묘사가 있을까.

나도 작가가 되고 싶다는 생각을 해보았지만 어렵겠지. 헤헤.

가끔은 돌아가신 아빠가 하염없이 보고 싶고,

그 말을 어디다 할 데도 없지만 이렇게 교환일기에 쓰니까 너무나 좋다.

엄마는 아프시고, 또 언니는 바쁘고. 나는 홀로 조용히 방에 들어앉아서

상상만 하던 일상에서 이렇게 너한테 보여줄 일기를 쓰니까 마음이 기뻐.

아무쪼록 오래도록 친구를 하자.

동민아. 도자마을로 찾아와주어 고맙고,

너와 함께 했던 이야기들 오래도록 간직할게.

다음번 만날 날을 위해 동민은 집으로 와서 운영에게 교환일기를 썼다.

동민의 교환일기 #1

운영아, 일기 고마워. 담에 만나면 너는 이 일기를 읽을 수 있겠지.

사실 고백을 하자면 문학 동아리에 글 잘 쓰는 성연이라는 친구가 있어서

편지를 쓰는 법을 가르쳐주었고 용기를 내어서 네게 보낼 수 있었어.

너를 만나러 가는 길이 즐거웠어.

은향리로 가는 신작로에 버스가 진입하면 마음이 들떠.

과거 친구들과 뛰놀던 복숭아밭과 숲.

그리고 무서워 도망치듯 달리던 무덤가와 곳집이 떠올라.

모두 추억이지만 한편으로 지금 다시 가서 봐도 여전히 너무나 아름다운

복숭아꽃들이고 아직도 여전히 스산하고 무섭기도 한 무덤가더구나.

그래도 그 장소마다 네가 함께한 추억이 있어

되새기면서 새롭게 다닐 수 있었어.

지난번 음악을 같이 들으면서 너무나 즐거웠어.

〈가요산책〉을 듣다가 너에게 들려주고 싶은 곡이 나오면 얼른 녹음을 해.

그리고 곡들을 너에게 들려줄 날을 밤마다 기다린단다.

왜 하늘에서 비가 내리는지, 왜 하늘에는 해가 쨍쨍 뜨는지,

구름은 왜 저렇게 뭉게구름인지 몰랐는데 이제는 알겠어.

먼 곳의 네가 같이 보고 있으니까 그런 것 같아.

운영이 너도 내가 맞는 비를 맞을 거고,

내가 보는 태양과 구름을 볼 거라고 생각하면

아, 그래서 그렇구나 하는 생각이 들어.

좀 유치하지? 하지만 이 멋진 풍경들을 너와 함께 보고 있다는 상상만으로

이미 신작로로 향해 달려가고 있어.

언젠가 먼 훗날, 내가 도자마을에 다시 이사가거나,

네가 서울로 올라오거나 해서 이웃처럼 살았으면 좋겠다.

그런 날이 올까? 참, 옆집 개가 그렇게 무섭다니 걱정이다.

그런 식으로 둘만의 일기가 만날 때마다 오고 갔다.

운영의 고환일기 #2

동민아, 네가 빌려준 김승옥의 『무진기행』을 다 읽고

얼마나 뇌리에 벼락같은 전율이 흘렀는지 몰라.

아름다운 문체에 담긴 무진시와 거기에 사는 사람들,

그리고 내려간 주인공 모두 사실 같아서 더 놀라워.

특히나 무진의 안개를 묘사한 문장들에는

어쩜 이렇게 잘 쓸 수 있을까 하는 생각도 들었다.

그리고 무진을 탈출하고 싶어하는 교사 하인숙의 마음도 이해는 가더라.

나도 네가 있는 넓은 서울에 가서 학교도 다니고 꿈을 펼치고 싶다는

생각도 들어. 하지만 아픈 엄마를 위해서라도 나는 여기서 살아야 하는데….

소설의 결말에 대해서는 참으로 그럴 수 있을까 싶지만

그럴 수 있겠구나 하는 생각도 들어. 이 소설이 영화화가 되었다는데,

영화에서는 어떻게 표현했을까 궁금하기도 해.

가끔 홀로 노트와 펜 하나를 들고 평상에 앉아서 글을 써본단다.

소설이나 수필 혹은 시를 써보지만 어렵네.

그럴 때는 마음속으로 피아노를 쳐봐. 어릴 때 배웠거든.

아빠 돌아가시고 피아노도 다 처분했지만….

그래도 쇼팽 소곡집과 소나타는 아직도 손가락으로 칠 수 있어.

마음으로 피아노를 치면서 글도 구상하고, 하늘에 계신 아빠도 생각해보고,

그리고 엄마와 언니 그리고 친구들 그리고 동민이 너도 생각해.

바람 소리가 귓가를 치면서 현실로 돌아오면

여전히 나는 작은 집의 마당에 앉은 학생에 불과하지만.

동민아, 다음번에 또 만나 이 글을 네가 보면 좀 부끄러울 수도 있겠다는

생각도 든다. 하지만 만나면 못하는 이야기들을 이렇게 교환일기에 쓰니까

마음이 편하고 그래.

그리고 참 옆집의 사나운 개는 이제 묶어서 길러 안심이야. 걱정 말아.

그렇게 동민은 한 달에 한 번씩 내려가는 일이 잦아졌다. 그럴 때마다 교환일기를 주고받았다. 말로 하지 못한 이야기들은 일기에 적어 교환하였다. 만나면 풍경을 즐기면서 시를 낭송하고 노래를 듣고 불렀지만 은밀한 집안의 비밀이나 아픔은 교환일기에 적었다.

그렇게 동민이 운영을 만나게 되면서, 수민이 눈치를 챘다. 그들이 정기적으로 만나는 걸 알게 되었다. 김미자도 동민의 방을 청소하다가 교환일기를 발견하고 드디어 알게 되었다.

동민은 일요일에 막차를 타고 자정에 집에 들어와, 까치발을 하고 조용조용히 방으로 들어가려고 했다. 그때 갑자기 엄마의 방문이 활짝 열렸다.

김미자는 걱정스러운 얼굴로 동민을 보았다.

"도자마을에 다녀오는 게냐?"

동민은 고개를 숙이고 침묵했다. 할 말이 없었다. 그렇게 반대하시던 외할머니는 이제 나이가 드시고 거동이 불편하니 속일 수 있을지라도 엄마는 불가능했다. 한집에 사는데 식구의 마음과 행동을 모를 리 없었다.

"동민아, 들어오너라."

동민은 엄마 앞에 무릎을 꿇고 앉았다.

김미자는 걱정스러운 얼굴로 동민을 보았다. 그녀는 단단한 어조로 말했다.

"우리 집안에 내려오는 사연을 네가 모르는 게 아니잖느냐. 엄마도 외할머니한테 인정을 못 받고 죄인처럼 살았잖니. 먼 훗날에는 모르지만, 지금은 집안에서 반대하는 결혼은 환영받지 못한단다. 내가 오래전에 느이 아빠와 결혼하기 전에 혼담이 오고 가고 있었단다."

김미자는 먼 옛일을 회상하듯 허공을 보고 말을 이어나갔다.

"수학 선생님이었는데, 얌전하고 단정한 사람이었지만 나는 이미 맘속에 다른 사람이 있었어. 우리 집안 일을 봐주던 분이었는데 나이 차도 여덟 살이나 많았지만 의지하고 싶었지."

김미자는 과거를 회상하였다. 아버지는 돌아가시고 엄한 어머니 밑에서 숨도 못 쉬는 나날들이 이어졌다. 그런 와중에 집안일을 돕던 오빠와 친해졌다. 집안 땅을 일구는 소작농의 아들이었다. 잘 익은 복숭아를 따서 건네주던 다정한 사람이었다. 여고를 졸업하고 혼담이 오고 가는 싱숭생숭하던 시절에 김미자는 그 남자를 진심으로 사랑하게 되었다. 하지만 정해준 결혼을 마다하려면 야반도주하는 수밖에 없었다.

그 좁은 동네에서 부모의 뜻을 무시하고 결혼할 수는 없었다. 김미자는 그 남자와 함께 서울로 도망쳐 사글셋방을 얻어 힘겹게 살았다. 가난하지만 사랑하는 이와 함께 있어 행복한 시절이었다. 집안은 난리가 났고, 큰오빠가 찾아와서 세 차례나 김미자를 데리고 은향리로 내려가려 했지만 그녀는 끝까지 거부했다. 결국 김미자는 부모 없는 혼인식을 올리고, 결혼 생활을 시작했다. 하지만 남편은 아이들을 낳고, 좀 키웠다 싶었을 때 병석에 드러누웠다.

언젠가 언니에게서 들은 이야기가 있었다.

"미자야, 너 마음 단단히 먹어. 알았지?"

언니는 비밀이라면서 어머니와 함께 점을 보고 온 일을 말해주었다.

"너희 둘이 그렇게 도망칠 때만 하더라도 얼마나 잘살기를 바랐는지 몰라. 나야 어머니가 반대하는 결혼을 하려다가 불발되었지만, 너희들은 그래도 잘살기를 바랐어. 그런데 제부가 그렇게 아플 줄 누가 알았어. 어머니와 함께 옆 마을 용한 당골네를 만나고 왔는데, 오래 못 갈 거래. 호랑이가 물어가는 사주란다. 궁합도 안 맞고. 그러니 그만 정성 쏟아."

김미자는 화를 버럭 내고 전화를 끊었다. 결혼하고 나서도 둘이 십 년도 못 갈 팔자라고 점 보고 왔다면서 누누이 구박하던 어머니와 언니였다. 그런데 이렇게 병자를 앞에 두고 이런 악담을 퍼붓는 언니가 도저히 이해가 가지 않았다.

그런데 무당 말대로 남편은 일 년도 못 가서 암으로 세상을 떠났다. 그리고 수민을 시골 외갓집에 맡기고 죽어라 공장에서 일하며 입에 풀칠했는데, 동민도 맡기는 신세가 되어 동네에 천하에 몹쓸 불효녀로 낙인찍히고 얼굴을 들고 다닐 수 없었다.

자신이 망신을 당하는 것은 괜찮았지만, 언뜻 수민에게 전해 들은 말로 동민이 수모를 당하고 설움을 당한다는 이야기를 들을 때마다 속에서는 천불이 나고 애가 탔다.

그런데 이 설움을 다시는 아이들에게 물려주지 말자 하고 둘 다 서울로 데리고 왔는데 다시 그 힘든 길로 돌아갈 수는 없었다.

동민은 입이 달싹거렸다. 무언가를 말하고 싶었지만 차마 대꾸가 나오지 않았다.

김미자는 말을 이어나갔다.

"우리는 은향리에서 남의 입에 오르락내리락하면 안 된다. 너의 앞길에도 지장이 있고 수민이도 고개를 못 들어. 외할머니도 그렇고. 그리고 내가 점을 보러 다녀왔는데 안 된다더라. 헤어져라."

동민은 참다 못해 입을 열었다.

"엄마, 저 아직 고등학생이어요. 결혼은 생각에도 없습니다. 그러니 교제는 허락해주세요."

김미자는 동민의 눈을 지그시 들여다보았다.

"나는 너의 마음을 알 것 같다. 너는 다른 데 한눈을 팔거나 하는 아이가 아니야. 운영이를 생각하는 마음이 얼마나 진심인지 알아. 교제를 허락하면 분명히 결혼까지 한다고 할 거야. 안 된다. 점쟁이 말이 오래 못 산대. 둘이 결혼하면 한 명은 일찍 죽을 운명이라는구나."

동민이는 목소리를 높였다. 정말로 거의 처음 있는 일이다.

"엄마, 그 말을 믿으세요? 엄마의 심정을 그냥 점쟁이가 어림짐 작해서 하는 말은 아니구요? 아버지와 저는 다르다구요!"

김미자는 눈물이 그렁그렁해졌지만 단호하게 말했다.

"안 되는 것은 안 돼. 대학교 가서 다른 사람과 교제하고 세상이 넓어지다 보면 운영이는 잊힐 거야. 그러니 헤어져라. 만나지 말아라."

동민은 그날 밤 잠들면서 운영이 도자마을을 떠날 때 주었던 곰 인형을 어루만지면서 잠에 들었다.

다음 주에는 운영이 서울로 올라와 동민을 만나기로 약속을 했다.

동민은 서울의 이름난 곳을 보여줄 작정이었다. 하지만 엄마의 말이 그런 동민의 마음을 헤집어놓았다.

동민은 약속한 주말이 다가오자, 엄마에게 미안한 마음이었지만 운영을 만나기 위해 고속터미널로 나갔다.

운영은 시원한 하늘색 블라우스에 청바지를 입고 왔다. 동민은 반가운 마음으로 손을 건넸다.

"오느라 힘들었지?"

"아니, 오랜만에 서울 오니까 기분이 좋아. 예전에 살았던 동네도 궁금하고."

"어디인데?"

"종로 3가 쪽에 살았어. 지금은 아마 사무실 빌딩들이 더 많아졌을 거야. 그때도 기와집을 허물고 건물을 짓고 그랬거든. 그나저나 학교에서 긴 머리는 무용과를 지망하는 학생들만 기르게 한대서 이제 다음 주에는 잘라야 해. 어떡하지?"

운영은 웃으면서 동민을 보았다. 동민은 아쉬운 얼굴이었다.

"안타깝다. 초등학교 때부터 기르던 머리잖아."

"응. 하지만 담임 선생님 권유를 받고 다음번에는 단발로 해야 해. 다음에는 모습이 달라져 있을 거야."

동민은 손에 든 책들을 건넸다.

"너 주려고 교보문고에서 사다둔 책들. 김수영 시집과 『호밀밭의 파수꾼』."

"고마워. 『호밀밭의 파수꾼』은 아직 읽지 못했어. 잘 볼게."

"이 작가는 평생 몇 개 안 되는 작품을 썼다는데 작품이 무척 재미있더라. 무거우니까 내가 배낭에 넣고 다니다 이따 내려갈 때 줄게."

동민과 운영은 전철을 타고 여의도 쪽으로 향했다. 도중에 영등

포역에서 내려서 버스를 타고 여의도 광장에 도착했다.

여의도 광장에는 많은 학생들이 자전거와 롤러스케이트를 타고 있었다.

동민도 자전거 두 대를 빌려서 운영과 같이 탔다. 둘은 도자마을에서 자전거를 꽤 타서 금세 잘 달리게 되었다.

둘이 큰 원을 그리며 광장을 달렸다. 하늘은 드높았고 바람은 시원하고 가족들, 친구들, 연인들이 가득한 광장에는 행복한 기운이 감돌았다.

자전거를 타다 대여 시간이 끝나서 반납했다. 동민은 매점에서 컵라면과 음료를 사서 운영에게 건넸다.

"제법 맛있더라구."

"어, 읍내 슈퍼마켓에서도 팔아. 나도 육개장 컵라면 맛있게 먹었다."

그들은 컵라면을 국물까지 마시고는 자리에서 일어났다.

"다음번에는 내가 내려갈게. 혹시 운영이 네가 서울에 오면 강남역 뉴욕제과에서 만나자. 그곳은 만남의 장소로 유명해서 사람들이 북새통을 이룬대. 우리도 거기서 만나자고. 근처에 멋진 카페도 많다고 들었어."

동민은 학교 친구들과 시내 명소를 다녀오거나 듣거나 하면 운영과 같이 와야지, 생각하고는 했다.

운영은 방그레 웃으면서 고개를 끄덕였다.

"나도 뉴욕제과는 신문에서 만남의 장소라고 본 적 있어. 가보자."

동민은 고속터미널까지 운영을 데려다주고 선물로 준비해온 책을 내밀었다. 운영이 버스에 올라타 손을 흔들었다. 동민은 두 손을 들어 흔들었다. 그리고 출차하려는 버스를 따라잡으면서 외쳤다.

"운영아! 다음번에 내가 시계탑으로 갈게. 기다려."

운영은 고개를 돌려 동민의 목소리를 들었는지 입 모양으로 그래라고 답했다.

이렇게 헤어져 당분간 못 만나는 애타는 마음으로 동민은 전철역으로 향했다.

집으로 돌아온 동민은 운영에게 받아온 교환일기를 써나갔다.

동민는 갈수록 잠 못드는 날이 늘었다. 숙제와 공부를 마치면 운영에게 보낼 편지를 쓰고는 했다. 그리고 잠자리에서 〈별이 빛나는 밤에〉〈김광한의 팝스다이얼〉 등 라디오를 들으면서 마음은 도자마을의 운영에게 향하고 있었다.

영어 회화 테이프 대신 라디오를 들으면서 시험 성적이 떨어졌다. 성적표를 받아오는 날, 어떻게 엄마에게 보여주어야 하나 걱정이 되어 일단 서랍 속에 두었다.

그런데 다음 날 놀랄만한 일이 일어났다.

교내 글짓기 대회에서 동민이 일등을 한 것이다. 동민은 훈화 시간에 교장 선생님께 상을 받았다. 교무실에서 영상을 찍어 각 반에서 TV로 시상식을 볼 수 있었다.

"서동민, 일어나도록."

동민이 일어나 교장님 앞에 섰다.

"위 학생은 명작독후감 공모전에 참가하여 위와 같이 우수한 성적을 거두었기에 이 상장을 드립니다."

시상식이 끝나고 문학 동아리 성연이 다가와 축하했다.

"동민아, 축하한다."

"성연아, 고마워. 네 덕분인 것 같다."

"아니야. 그동안 네가 열심히 가르쳐준 방향으로 움직여주어서 그래. 앞으로 어떤 학과에 진학할 거야?"

"사실 법대를 가고 싶었는데, 꿈이 바뀌었어. 이제는 문학 쪽으로 가서 작가가 되고 싶어."

성연은 고개를 끄덕이며 환하게 웃었다. 그날 동민은 상장과 성
적표를 동시에 엄마에게 보였다.

엄마는 성적표를 보고 실망했지만, 상장에는 함박웃음을 보였다.

이루어질 수 없는 사랑,
'사랑의 불시착'

다시 찾아간 산동네의 한의원은 많이 달라져 있었다. 원래 한의사는 그새 세상을 떠났고, 제자가 사암침법을 전수받아 운영 중이라고 들었다. 동네도 아파트가 들어서고, 판잣집들은 사라졌다. 그리고 한의원은 여러 병원들이 들어찬 건물의 2층에 위치했다.

이번에는 동민이 아니라 외할머니의 한약을 짓기 위해 엄마와 온 것이었다.

동민은 과거를 떠올렸다. 외할머니의 추상같은 호통과 회초리.

동민은 훗날 그때를 되돌아보면 외할머니는 동민과 운영이 사귀게 되는 운명을 예감한 것이다. 그리고 그들이 사랑에 빠져서는 안 된다는 걸 신념으로 여겼을 거라고 짐작했다. 그렇지 않고서야 동민과 수민을 서울서 학교 다니게 하라고 그렇게 강력하게 거의 쫓아내다시피 내보낼 수는 없었다.

동민은 외할머니의 아주 깊은 속내도 알고 있었다. 자신들이 떠나면 외할머니는 행랑아범과 어멈이 있다 한들 가족 없이 홀로 살아갈 수밖에 없었다. 그게 그렇게 썩 좋지만도 않았을 것이다. 마음속 깊은 곳에는 홀로 남는다는 두려움도 있었을 것이다.

엄마는 한의원에서 외할머니의 증세를 한의사에게 말하고 한약을 여러 첩 지었다.

일주일 후, 여러 생각에 발걸음이 무겁던 나는 한약을 들고 엄마와 동생과 함께 외갓집으로 향했다. 외할머니는 종합병원에서 퇴원하고 외숙모들이 돌아가면서 간병하고 있었다. 김미자는 눈물을 터뜨리면서 안방으로 뛰어 들어갔다.

동민은 수민과 함께 외숙모와 이모에게 인사를 드리고 안방으로 들어갔다.

환자용 침상이 들어와 있었다. 기와집에 안 어울리는 침대였다. 외할머니가 늘 쓰던 보료는 저만치 구석에 개켜져 있었다. 그리고 요강 대신 환자용 변기가 구석에 있었다.

외삼촌이 양판점을 하고 있어 이리저리 알아보고 어렵사리 구한 물건들이라고 들었다.

외할머니는 동민과 눈이 마주치자 애타는 심정을 담아 손을 내밀 듯했다.

동민이 자리에 앉았다.

"동민아… 우리 외손주."

큰이모가 놀란 듯 말했다.

"유일하게 알아보시네. 하긴 어릴 적에 키워주셨으니까. 지금 치매가 오셔서 사람을 못 알아보신단다."

"너는 군인 되거라…."

외할머니는 그 말씀을 하시고 기력이 소진했는지 잠에 빠져들었다. 큰이모가 고개를 저으면서 말했다.

"엄마도 참. 무슨 우리 집안에 군인이 되어요? 아버지가 빨치산을 도왔다는 말이 나와 그 고초를 겪고도. 이거 미자가 용하다는 한의원에서 지어온 약이라니까 입 벌려요. 수저로 드셔보세요."

큰이모가 하는 말은 동민도 들어서 알고 있는 일들이었다.

엄마는 언젠가 동민이를 붙잡고 집안에 숨어 있는 내력을 자세하게 말해주었다.

"너도 이제 머리가 컸으니 내 말을 듣고 처신을 잘해야 한단다. 외할아버지가 왜 일찍 돌아가셨는 줄 아니?"

동민은 조용히 고개를 끄덕였다.

"네가 잘 모르고 있는 사실도 있단다. 외할아버지는 친구 중에 지리산에서 활동하던 빨치산 간부가 있어서 부역(附逆)했던 일로 고문을 당해 일찍 돌아가신 거다."

동민은 깜짝 놀랐다. 어렴풋이 어려운 사람들을 돕다 누명을 썼다고 짐작했지 그런 일들이 숨어 있을 줄은 몰랐다.

엄마의 말은 이어졌다.

"그때는 참 무서운 시절이었다. 부역한다고 했지, 공산당 같은 반역자들을 돕는 사람들을. 국가에 반역하는 사람들을 도와 고문을 당한 것이다. 그렇게 고문 후유증으로 돌아가셨어."

동민은 깜짝 놀랐다. 집안에 그렇게 무서운 비밀이 있는 줄 몰랐다.

"네 외할아버지는 사실 공산주의나 공산당에 동조하지는 않으셨어. 그렇지만 시대가 그랬고, 친한 친구분이 빨치산이고 너무도 어려운 부탁을 해서 뿌리치기가 쉽지 않으셨단다. 굶어 죽어가는 사람을 모른 척 외면하는 분은 아니었거든. 쌀을 건네는 게 시작이었지만 그 뒤로 우리 집안 사람들은 모질게 고초를 당했어.

그러니 동민아. 너는 절대로 남의 입에 오르내리는 일은 없어야 한다. 늘 살얼음 걷듯이 조용히 살아야 해. 그리고 군인이나 경찰 같은 직업은 아마 연좌제 때문에 힘들 거다."

이런 집안 내력이기에 집안에는 경찰이나 군인이 나올 수가 없었다. 외삼촌들도 연좌제에 걸려서 면접을 보기만 하면 탈락했다. 동민도 이런 사실은 들어서 알고 있었다. 여기에다가 큰이모가 반대하는 결혼을 하려다 불발되었고, 동민의 엄마는 반대하는 상대를 만나서 서울로 가서 결혼을 올렸다.

외할머니는 빨치산을 돕다 먼저 간 할아버지를 생각하면서 모든 걸 조용히 처리하고 마을 사람들 입에 오르내리지 않는 게 최고로 좋다고 여기면서 사신 것이다. 그래서 반대하는 결혼은 절대적으로 막고, 그 규범에서 벗어나는 가족은 철저히 배척했다. 그리고 애초 군인이나 경찰, 공무원 자리는 꿈도 꾸지 말고 오로지 농사나 사업으로 집안을 일으키기를 원하셨던 것이다.

그런데 뜬금없이 군인이 되라는 말씀을 하시니 동민으로서는 난
감했다.

침대에 누운 아픈 할머니를 내려다보던 동민은 묘한 감정이 들
었다. 그 지엄하고 추상같던 할머니였다. 그런데 지금은 몸져누워
말할 기운조차 없다.

동민이 학력고사를 치른 얼마 후, 김미자는 연락을 받고 급하게
은향리에 내려갔다.

며칠 후, 검은 옷을 챙겨 수민과 함께 내려오라는 연락을 받았다.

동민은 옷장을 열어보았다가 책상에 앉아 우두커니 벽을 바라보
았다. 눈물이 나왔다. 울적한 감정이 들었다.

그렇게 속으로 설움에 겨워 미워하던 할머니가 돌아가셨다.

은향리 마을이 들썩일 정도로 할머니의 장례는 성대하게 치러졌
다. 엄마의 문상객은 거의 없었지만, 이모들과 외삼촌, 외숙모의 문
상객은 넘쳐났다. 기와집 곳곳에 마을 아낙네들이 모여서 육개장
을 끓이고, 전을 부치는 등 음식 냄새가 요란했다. 외삼촌과 이모,
엄마, 사촌들이 상주, 상제를 하고, 동민도 일손을 도왔다.

저만치 대문으로 남경과 순정 그리고 운영이 들어서는 모습이 보였다. 검은 티셔츠에 바지를 입고 단발을 한 운영이 동민에게 다가왔다. 동민은 반갑게 보았다.

"동민아, 많이 힘들지?"

순정은 눈시울이 붉어져 있었다. 어쩌면 외할머니에게 겪은 고초를 자신보다 더 잘 들여다보던 사람은 순정이 아닐까 싶었다. 이웃이던 순정은 종종 동민의 집에 와 보곤 했으니까.

힘들게 하던 사람이 가면 마음은 더 적적하다는 것도 잘 알고 있는 듯했다. 순정은 남경과 함께 신발을 정리하는 일을 도왔다. 동민은 잠시 운영과 말을 나눌 수 있었다.

"대학교는 정했니?"

동민이 먼저 물었다. 운영은 고개를 끄덕였다. 하얀 얼굴에 단발머리가 잘 어울렸다.

"난 여기 지역 대학교 간호학과에 갈 거야."

의외였다. 운영은 공부를 꽤 잘했다. 서울로 오지 않을까 내심 기대했었다.

"서울에 가는 건 엄마가 힘들어 하시니까."

운영은 엄마가 이곳에서 농사와 바느질 등 소일거리로 학비를 대는 데 부담을 느끼고 있었다. 게다가 엄마가 건강이 좋지 못해 자리에 누운 적도 많았다.

지역에 있는 대학교에 전액 장학생으로 들어가면 학비를 면제받을 수 있는 제도가 있었다. 밤하늘에 초승달 주변으로 별 무리들이 아름답게 펼쳐져 있었다.

찬바람이 불어왔다. 동민은 겉옷을 벗어서 운영의 어깨에 걸쳐주면서 말했다.

"난 집에서는 법대에 진학하기를 원하지만, 다른 뜻이 있어. 국문과에 가고 싶어."

사실 연좌제의 망령에 법대에 진학해도 사법고시 면접을 패스하거나 판사나 검사로 임용된다는 보장은 없었다. 변호사의 길도 있었으나 지금 동민의 마음은 많이 달라졌다.

진로를 바꾸어 작가가 되고 싶었고 국문학을 전공하고 싶었다.

그리고 그 이유는 운영과 나누었던 문학 이야기들 그리고 주고받은 편지에 있었다.

하지만 그 말들을 입 밖으로 내뱉지 않았다. 좋은 이야기들은 쉬쉬하는 게 좋을 것 같았다. 소리로 나오면 사라질 것 같았다. 항상 살얼음판을 걷듯이 조용히 사는 걸 할머니가 누누이 강조하지 않 았는가.

동민과 운영은 툇마루에 나란히 앉아서 밤하늘을 보았다. 상가 가 차려진 안방에는 문상객들이 부지런히 오가고 이모들, 친척할 머니들의 곡소리가 심심치 않게 나왔지만, 이곳은 고요했다.

동민은 조용히 말했다.

"나를 언제고 기다려 주겠니? 대학 가서도 군대에 가서도 은향 리에 내려오면 만날 수 있을까?"

운영은 말이 없었다. 자신을 반대하던 할머니가 가도 집안 어른 들은 살아계신다. 아버지의 비극적 선택으로 운영은 마을에서 보 이지 않는 사람처럼 존재하기도 했다. 원래도 타지 사람이었고 친 척들이 이곳에 많이 없었다. 게다가 아버지의 죽음으로 억울한 누 명은 벗겨지지 않고 그냥 덮어지게 되었다. 여기 사람들은 동민과 자신이 사귀는 일을 좋은 눈빛으로 보지 않는다.

어려운 일일 것이다. 운영은 조용히 말했다.

"잘 모르겠어. 하지만 내가 이곳에서 대학을 다니고 있으면 네가 고향에 내려올 때 한두 번은 볼 수 있지 않을까? 그런데 그래도 되는지 모르겠어."

동민은 침묵했다. 하늘을 올려다보았다. 밤하늘에는 서울과 다르게 별들이 찬연하게 빛을 내고 있었다.

동민이 장례를 치르고 혼자서 학교 때문에 서울로 오게 되던 날, 운영이 터미널로 나와주었다. 동민은 운영과 함께 터미널의 유일한 슈퍼, 남동상회로 들어갔다. 운영은 우유와 슈크림 빵을 사고 1,500원을 치렀다.

"배고플 거야. 가져가."

"고마워, 운영아."

잠깐 시간이 남았다. 운영은 슈퍼 앞 의자에 동민과 앉았다. 어색한 침묵이 흘렀다.

동민의 마음은 불편했다. 그렇게 반대하던 할머니가 가셨지만, 그래도 만나도 되나 하는 의문이 가슴에 크게 자리 잡고 있었다.

운영은 무거운 분위기를 깨려고 애써 밝은 목소리를 냈다.

"저거 기억나? 왜 어릴 적 읍내 문방구에 게임기 있었잖아."

운영은 주머니에서 50원짜리 동전을 꺼내서 슈퍼 앞 게임기에 넣었다. 동민과 운영은 나란히 앉아서 보글보글, 테트리스 같은 게임을 했다. 운영이 한 판, 동민이 한 판 사이좋게 이겼다.

"엇, 시간 됐다."

동민은 운영의 손을 잡고 버스 승강장으로 뛰었다. 그들은 환하게 웃으면서 승강장으로 갔다. 동민은 올라타면서 소리쳤다.

"운영아, 기다려, 연락할게. 만나자! 만나고 싶어!"

운영은 손을 흔들면서 창가의 동민에게 미소를 보였다.

아름다운 겨울 밤,
'하얀 겨울'

●

한겨울 명동 거리에는 미스터투의 〈하얀 겨울〉 음악이 흘러나오고 있었다. 연말을 맞이해서 많은 사람들이 거리로 나왔다. 많은 사람들은 쇼핑하면서 호빵, 붕어빵, 국화빵, 오징어, 땅콩 등 겨울 간식들을 손에 들고 다녔다.

연인, 가족, 친구들이 하하호호 웃으면서 다니는데, 동민은 누군가를 기다리고 있었다. 발을 동동 구르기도 하면서 기다렸는데 추워서 그런 게 아니고 혹시 안 나올까 걱정되어서였다. 전북에 있는 대학교 간호학과에 들어간 운영을 기다리는 중이었다. 동민도 집에서 멀지 않은 대학교 국문과에 들어가 처음으로 만나는 날이었다.

3월이면 신학기가 시작되니까, 연말인 지금 만나 이야기를 나누고 싶었다.

동민은 손에 든 영화표를 만지작거렸다.

명동을 구경하다가 충무로 대한극장으로 걸어가 〈죽은 시인의 사회〉를 보려고 했다.

그는 이미 본 영화였지만 운영이 안 보았다기에 예약을 해두었다.

공부에 치이는 학생들이 키팅이라는 영어 선생님을 만나면서 일어나는 일들을 그린 영화로, 동민은 영화를 다 보고 가슴이 뭉클했던 기억이 났다.

"동민아!"

동민이 영화표를 보다 고개를 들어 목소리가 난 곳을 쳐다보았다.

운영이 싱그럽게 웃고 있었다. 빨간 모자와 장갑을 맞춰서 착용하고 있었고 하얀색 패딩과 체크무늬 스커트가 잘 어울렸다.

아, 동민은 탄성을 내질렀다.

너무 예쁘고 귀여웠다. TV 패션 광고에서 튀어나온 모델 같았다. 동민은 운영과 같이 다니면서 시선을 받을 생각을 하니 기대가 되었다.

"오느라 힘들지는 않았어?"

동민이 걱정이 어린 눈으로 물었다.

"괜찮아. 친척 언니 하숙하는 방에서 하루 잤어."

"아, 그러면 어제 만날걸."

"아니야. 어제는 친척 언니와 이것저것 구경하러 다녔어. 언니가 신촌에서 대학을 다녀. 대학가도 보고 이대 앞에서 옷 쇼핑도 하고 그랬단다."

운영은 오늘 동민을 만나기 위해 이대 앞에서 저렴한 가격으로 옷과 장갑, 모자를 산 것이다.

동민은 운영과 함께 나란히 명동 거리를 걸었다. 부모의 품에 안겨 명동을 다니는 어린아이는 신기한 눈으로 사람들을 쳐다보았다. 연인들은 팔짱을 끼고 길을 거닐면서 군고구마를 먹었다.

긴 부츠를 신고 미니스커트를 입은 여성들이 윈도쇼핑을 하면서 길을 다녔다. 미도파 백화점의 화려한 옷들과 수입상품들을 구경했다. 운영은 전시돼 있는 피아노에 앉아 쇼팽의 피아노 소곡을 연주하기도 했다. 서울 초등학교 다닐 때 배웠다는데 제법 잘 쳤다.

동민과 운영은 저녁을 먹기 위해 롯데리아로 들어갔다.

버거 세트와 치킨을 시켜서 먹는데 운영은 햄버거가 커서 한입에 넣지 못했다. 동민은 칼을 빌려와서 잘라주었다.

"고마워. 서울에만 이런 패스트푸드점이 있어서 가끔은 정말 먹고 싶었어."

"나는 도자마을 나무에서 바로 따 먹던 복숭아가 그렇게 기억이 나더라. 왜 아저씨들이 상품이 안 되는 것은 가끔 따서 길 가던 우리한테 주셨잖아."

"후후, 그랬지. 기억이 나. 왜 복숭아밭에서 물을 뿌려서 우리가 손잡고 막 뛰어나왔잖아."

동민은 살포시 미소를 지었다. 도자마을에서 나쁜 기억만 있는 것은 아니었다. 운영과의 아름다운 추억들이 곳곳마다 숨어 있었다.

운영은 서운한 얼굴로 말을 이었다.

"남경이랑 순정이가 모두 서울로 대학을 가서 자못 심심해."

동민은 궁금하던 초등학교 동창들의 소식을 묻다가 용곤이도 물었다.

"용곤이? 아, 엄마가 식당을 열어서 거기에서 일하고 있다고 들었어. 대학은 떨어졌대."

용곤이 엄마는 동민에게 늘 "네 엄마는 왜 안 오니?"라고 짓궂게 묻곤 했다. 용곤이도 종종 심술을 부렸다. 하지만 이제는 잊혀가는

118

기억이다.

동민은 운영과 함께 지하상가로 들어가 충무로 방향을 찾았다. 사실 동민은 명동 거리와 지하상가가 복잡하다는 걸 알고 있어서 며칠 전에 이곳에 와서 충무로 대한극장으로 가는 길을 쉽게 찾기 위해 예행연습을 했다.

동민은 차근차근 길을 찾아가면서 운영을 안내했다. 운영은 장갑을 빼고 동민과 나란히 걸었다. 지하상가의 크리스마스트리 장식과 옷들, 수입상품들, 액세서리나 소품들을 구경하면서 충무로 방면으로 나와서 걸어갔다. 동민은 운영에게 춥다고 장갑을 끼라고 했다.

운영이 장갑을 빼서 끼려다 놓쳤다. 동민은 장갑을 주워 운영의 손에 끼워주다가 손가락이 스쳤다. 운영의 손은 부드러웠다. 어릴 적에는 스스럼없이 손잡고 뛰어놀았는데 이제는 쑥스러운 사이가 되고 손을 잡는 게 어려웠다.

이런 동민의 마음을 눈치챘는지 운영이 먼저 제안했다.

"장갑 안 가져왔지? 추우니까 한 짝씩 끼자."

운영과 동민은 장갑을 한 짝씩 끼고 안 낀 손은 자연스럽게 살짝 잡았다. 동민의 마음이 설렜다. 운영의 양 볼에는 홍조가 올랐다.

대한극장에 들어가 앞에서 세 번째 줄에 앉았다.

연인들, 친구들, 가족들이 영화를 보러 들어왔다. 운영은 팝콘과 콜라를 사 왔다.

영화가 시작되고 동민은 영화 스토리를 알았지만 다시금 이야기 속으로 빠져들었다. 운영은 영화에 몰입했다. 동민은 간혹 운영의 옆모습을 보았다. 오똑한 코와 단정한 입매 그리고 그윽한 눈은 동민을 안정되게 해주었다. 충만한 느낌이 들었다.

영화에서 사립학교 남학생들이 동굴에서 다른 학교 여학생들을 만나는 긴장되는 장면에서 동민은 무심코 팝콘 봉지에 손을 넣었다. 이때 운영과 손을 스쳤다. 동민의 볼이 붉어졌다. 운영은 멈칫거리다 손을 뺐다.

영화가 끝나고 자막이 올라갔다. 동민이 일어나려는데 운영은 울고 있었다. 영화의 마지막에 슬픈 장면과 감동적인 장면들이 나오는데 그에 압도된 것이다. 동민은 손수건을 권하고 잠시 기다렸다. 운영이 눈물을 닦으면서 일어났다.

동민이 말했다.

"잠시만."

동민은 운영의 운동화 끈이 풀린 것을 보고 꼼꼼하게 맸다.

영화를 보고 충무로 거리를 걸었다. 인쇄소 골목에는 달력을 찍고 배달하는 리어카와 오토바이, 차들이 부지런히 오가고 있었다.

동민은 거리를 걷다가 작은 원두커피 전문점으로 들어갔다. 그들은 자리를 잡고 커피를 주문했다. 동민은 커피가 나오자 머뭇거리다가 주춤거리면서 가방을 열었다. 가방에서 카세트테이프를 꺼냈다. 테이프 안 내지에는 빽빽하게 여러 노래 이름들이 적혀 있었다.

"내가 라디오에서 네가 좋아할 것 같은 노래 나올 때마다 녹음해 뒀어. 들어봐. 그리고 내가 부른 노래도 들어 있어. 너무 웃지 말아."

"정말이야? 후후, 고마워. 나도 선물이 있어."

운영은 핸드백에서 포장된 선물을 꺼냈다. 동민이 반짝이는 포장지를 뜯었다. 만년필이 나왔다.

"어제 백화점 만년필 매장에서 산 거야. 네가 글을 썼으면 좋겠어서."

동민은 언젠가 운영과 주고받은 편지나 교환일기에서 고등학교 문학 동아리를 말한 적이 있었고, 많은 작품들을 읽으며 감동받는다고 했었다.

동민은 차분하게 말했다.

"너와 편지를 주고받은 덕에 작가의 꿈을 꾸게 되었어."

운영은 커피를 마시다 잔을 내려놓고 동민의 말에 귀를 기울였다.

"난 좋은 작품을 쓰고 싶어. 아직은 시를 쓸지 소설을 쓸지 잘은 모르겠지만 그래도 아까 본 영화처럼 좋은 작품을 쓰고 싶어."

운영은 고개를 천천히 끄덕였다.

"운영아, 너는 왜 간호학과에 진학한 거야?"

운영은 잠시 뜸을 들이다 입을 열었다.

"아빠도 그렇게 가시고, 엄마도 아프셔. 간호학과에 가서 아픈 사람들 말을 들어주고 간호를 해주고 싶어서. 물론 집안도 어려워 좋은 직업을 빨리 가져야 하니까 면허증으로 취업을 우선한 것도 있고."

동민은 말없이 고개를 끄덕이면서 운영과 시선을 맞추었다.

둘의 집안 사정을 서로 너무도 잘 알고 있어서 더욱 애틋하고 더는 말이 필요 없었다.

커피 전문점을 나와서 한참을 걸었다. 운영은 친척 언니 방에서 하루 더 자고 간다고 했다. 동민이 데려다주려 했지만 운영은 거절했다. 전철을 타고 간다고 했다. 걷다가 전철역이 나왔지만 그대로 헤어지기 싫어서 더 걸었다.

동민과 운영은 을지로까지 걸어갔다. 밤의 사무실 거리는 명동이나 충무로에 비해 한산했다.

눈이 내렸다. 운영이 감탄했다.

"눈이 와. 아름답다."

어두운 하늘에서 가로등 아래 불빛으로 눈꽃송이들이 날렸다.

동민은 가로등 아래에서 눈을 보다가 지그시 운영에게 시선을 돌렸다. 운영이 이미 동민을 먼저 보고 있었다. 동민은 운영의 손을 포근하게 잡았다. 운영과 점차 얼굴이 가까워지면서 운영은 눈을 천천히 감았다. 동민은 운영의 입술에 키스했다. 부드러운 입술이 느껴졌다. 동민은 가슴이 콩닥콩닥 뛰었다. 달콤한 맛이 느껴지는 것 같았다. 달보드레한 감각을 느끼면서 동민은 천천히 속삭였다.

"운영아, 우리 사귀자."

운영은 말없이 동민을 마주 보았다. 운영은 말이 없었다. 잠시 둘은 시선을 맞추고 바로 보았다. 운영은 여전히 아무 말이 없었다. 동민은 슬쩍 불안했다.

둘은 손을 잡고 천천히 거리를 걸었다. 동민은 아늑하고 포근한 기분이 들었다. 운영의 손은 무척 따뜻했다.

그렇게 밤거리를 한참 걸어서 운영이 잠깐 신세를 진다는 친척 언니 하숙집에 데려다주고서 동민은 다시 야간 버스를 타기 위해 버스 정류장으로 바삐 걸음을 옮겼다.

몸이 두둥실 하늘에 떠오르는 것처럼 마음이 부풀었지만, 한편으로 엄마의 얼굴도 떠올랐다. 돌아가신 외할머니의 추상같은 호통도 귓가에 울리는 것 같았다.

하지만 지금은 운영과 사귀고 싶은 마음에 이내 그 모든 것이 사라졌다. 집에 들어가니 엄마는 주무시고, 수민은 방문을 한 번 열어보고는 다시 닫았다.

그날 동민은 밤잠을 자지 못했다. 밤새 라디오를 듣다가 새벽에 벌떡 일어났다.

운영을 만나야 했다.

동민은 운영을 데려다준 집에 가서 문 앞에서 운영을 기다렸다. 하숙집의 대문 앞에서 한참을 기다려도 운영은 나오지 않았다. 하는 수없이 발길을 돌리려는데 그때 운영이 가방을 들고 나왔다. 운영은 놀란 얼굴을 하다가 이내 환하게 웃었다.

동민은 운영을 와락 안았다.

"운영아, 걱정했어. 네가 나를 다시 안 보면 어떡할까 고민했어. 미안해… 내가 너에게 너무 고민되는 상황을 만들었지?"

운영은 웃음을 보이면서 눈시울이 붉어졌다.

"동민아, 우리는 아직 대학교 신입생이야. 아무것도 안 해볼 수는 없어. 그냥 아주 조금씩 가까워지는 것. 그게 내가 바라는 거라면 믿을 거야?"

동민의 얼굴에 그제야 웃음이 환하게 걸렸다.

동민은 운영의 손에서 가방을 뺏어서 걸머지고 두 손을 맞잡았다.

"고마워, 운영아! 고마워! 고맙다구!"

동민은 운영과 함께 전철역을 향해 걸었다. 겨울 아침이지만 바람은 훈풍이었다. 동민의 가슴에는 따뜻한 바람이 불고 있었다.

동민은 운영과 함께 전철에 나란히 앉았다. 고속터미널에 도착할 때까지 조용히 속삭이듯 말했다. 주말 아침 전철에는 사람이 그다지 많지 않았다. 동민은 가끔 운영의 손을 스치듯이 잡았다 풀었다. 아쉬웠다. 이렇게 운영을 은향리로 보내고 싶지 않았다.

터미널에서 벤치에 앉아서 버스를 기다렸다.

동민은 버스에 타려고 일어서는 운영에게 말했다.

"운영아, 곧 내려갈게. 아니면 네가 서울에 일 있으면 꼭 만나자."

운영이 고개를 저었다.

"나 대학 들어갈 때까지 읍내 옷가게에서 알바하는데 어떻게 연락할래?"

"거기 가게 전화번호 알려줘. 전화 걸게."

"말도 안 돼, 엄연히 일하는 곳이야."

"그럼 편지할 테니까 받아서 답해줘. 그리고 집으로 전화를 걸게. 만약 네가 안 받으면 어머니나 언니한테 말 전할게."

"집에 아무도 없으면?"

"그럼 사서함에 남길게. 꼭 들어. 알았지?"

운영은 화사한 미소를 남기고 버스에 올랐다. 동민은 가방을 넘기면서 닿았던 운영의 손 느낌을 간직하고자 했다. 부드럽고 말랑말랑한 손. 자신의 거친 손에 비하면 참 보드라운 손이다.

얄개시대,

'토요일은 밤이 좋아'

동민은 꽃샘추위가 뺨을 매섭게 치던 날에 대학교에 입학했다. 엄마와 수민이 꽃다발을 가지고 축하해주러 왔다. 그리고 그날 남경과 순정도 서울 신촌 지역의 대학교에 나란히 입학했다. 남경은 순정과 같은 대학교를 지망했는데, 남경은 건축학과에 순정은 의상디자인학과에 입학했다. 동민은 운영을 만나는 주말이 아니면 이들과 틈틈이 만나서 어울렸다.

같이 정독도서관에 가서 공부하기도 했고, 셋이서 어울려 다니면서 서점이나 박물관, 미술관도 종종 갔다. 동민은 책에 관심을 보이고, 남경은 건축물에, 순정은 미술 작품에 관심을 보여 같이 어울려 다녔다.

가끔은 대학교 들어간 기념으로 술을 하기도 했는데, 동민은 잘 마시지 못했지만, 남경과 순정은 곧잘 마셨다.

그날도 호프집에 셋이서 갔다. 순정의 생일이라 축하해주는 날이었다.

남경은 케이크를 사 와서 초를 두 개 꽂았다.

"축하해, 순정아. 이렇게 서울에서 같은 대학교에 다닐 줄은 몰랐지."

"그러게 왜 나 따라 이 대학교 지망을 하느냐고, 안 그래? 동민아."

"축하해. 여기 선물."

동민은 기형도 시인의 시집을 선물해주었다.

"고마워. 나 이 시인 정말 좋아해."

2차로 순정이 록카페에 가고 싶다고 해서 신촌로터리에 있는 록카페로 향했다. 건물 하나가 모두 록카페나 호프집이었는데 엘리베이터를 타고 3층으로 갔다.

동민도 이런 카페는 처음이었다. 검은 문을 열고 들어가자 노래가 크게 흘러나오고, 여러 명의 사람들이 음악을 즐기고 있었다. 테이블에 앉아서 맥주를 마시는 사람들도 있었고, 일어나 춤을 추는 사람들도 있었다. 음악은 록도 나오고, 댄스 음악도 나오고 팝송도 나왔다.

순정은 의자를 테이블 아래로 넣고 남경과 일어나 춤을 흥겹게 추었다. 동민은 맥주를 마시면서 그들을 보았다.

술을 많이 마신 순정이 구토감을 느끼자, 동민은 순정을 데리고 록카페 밖으로 나가 찬 공기를 마시게 해주었다. 남경은 계산하고 나오는 중이었다.

순정은 건물 앞 벤치에 앉아서 동민을 지그시 보았다.

"동민아…."

"순정아, 괜찮아? 이거 물 좀 마셔봐."

생수를 권하는 동민의 손을 순정은 그대로 잡았다.

"나 취하지 않았다. 그냥 몸이 좀 불편할 뿐이야… 동민아, 나 너 좋아해…."

동민은 얼어붙었다. 순정은 말을 이어나갔다.

"도자마을로 전학 온 너를 처음 본 순간부터 좋아했어."

동민은 미안한 얼굴로 순정을 보았다.

순정이 이내 고개를 떨어뜨렸다. 동민의 눈에서 마음을 읽은 것이다.

"다 잊어줘. 지금 한 말들."

"미안해, 순정아. 나 운영이 다시 만나고 있어."

순정은 고개를 끄덕였다. 마치 알고 있었다는 듯이.

"가끔 수민이가 나한테 전화해. 알고 있었어. 어머니가 걱정하시는 것도. 미안하다. 그런데도 내가 이런 말을 해서. 그냥 친구로 남을게. 잊어줘."

그때 남경이 건물을 나와 두리번거리다 이들을 찾아 벤치로 다가왔다.

"순정아, 괜찮아? 어서 가자. 내가 기숙사까지 데려다줄게."

순정은 학교 기숙사에, 남경은 친척 집에서 학교를 다니고 있었다.

"아니, 괜찮아. 술 다 깨서 이제 혼자 갈 수 있어. 정말 고맙다. 둘이서 내 생일을 축하해주고. 선물도 고마워."

순정이 저만치 앞장서 가고 남경은 그 뒤를 따라갔다. 동민은 씁쓸한 맛을 느꼈다.

운영을 좋아하는 마음의 크기가 커질수록 아픔이나 상처도 커져만 갔다. 이루어질 수 없는 사랑은 괴로움을 주었다. 그러니 순정의 마음도 잘 알았다.

순정의 마음이 입었을 상처를 생각하니 마음이 아팠다.

그 뒤로 한 달 있다가 순정과 남경을 다시 만났지만 순정은 변함 없는 우정으로 동민을 대했다. 동민도 변함없이 대했다.

대학 생활은 잘 지나갔다. 2년 동안 동민은 한 달에 두 번 정도는 운영을 만나러 은향리로 향했다.

운영은 집안 형편이 어려워 여러 아르바이트 일을 하면서 대학을 다니느라 간호학과에 휴학하기도 했다. 그래서 후배들과 학교를 같이 다니고 있었다.

주말 시계탑에서 본 동민에게 운영은 배시시 웃으면서 초대장을 건넸다.

"나이팅게일 선서식에 엄마는 몸이 불편하셔서 못 오시고, 언니는 회사를 다니니 못 와. 너밖에 초대할 사람이 없더라."

"남경이와 순정이도 부르자."

"그럴까."

"응. 서울서 같이 내려갈게."

나이팅게일 선서식 날이 다가왔다.

대학교 대강당에서 열리는 나이팅게일 선서식에 동민은 순정, 남경과 늦지 않게 도착했다. 동민의 손에는 장미 꽃다발이 들려 있었다.

순정은 부러운 얼굴로 물었다.

"운영이에게 주는 꽃이야?"

동민은 고개를 끄덕였다. 남경이 순정의 어깨에 손을 올리고 말했다.

"참 나. 나한테나 잘 하라니까."

"이거 치워라. 문남경!"

남경과 순정이 티격태격하는 사이 동민은 2층 객석에 앉아서 100여 명에 가까운 간호학과 학생들을 일일이 살폈다. 간호사복을 입고 하얀 간호캡을 쓴 학생들 사이에서 운영을 열심히 찾았다.

모두 같은 제복이라서 구분이 쉽지 않았다. 이때 두 번째 줄에 앉은 여학생 하나가 뒤를 돌아보았다. 하얀 얼굴에 큰 눈, 단정한 입매, 바로 운영이었다. 동민이 크게 외쳤다.

"강운영! 나 왔어. 여기 봐봐!"

간호대학 학생들이 동민의 큰 목소리에 웃으면서 뒤를 돌아보았다.

곧 행사가 시작되었다. 사회자의 개회사로 행사가 열리고, 이어 국민의례와 애국가 제창이 이어졌다. 내외빈과 교수 소개 이후에 간호대학 학장의 환영사에 이어 촛불의식이 진행됐다. 제복을 입은 학생들은 학생회 학생들이 붙여서 건네는 촛불을 받아들었다. 질서정연하게 촛불을 촛대에 꽂아서 두 손에 들었다. 잠시 조명이 꺼졌다. 어두운 강당에 촛불들이 줄지어 켜 있는 모습은 장관을 이루었다. 동민도 초를 든 운영을 보니 가슴이 뭉클했다.

이어서 선서식이 진행되었다. 학생들은 초를 손에 들고 선창자가 선서하는 걸 그대로 따라했다.

"나는 일생을 의롭게 살며 전문 간호직에 최선을 다할 것을 하느님과 여러분 앞에 선서합니다.

나는 인간의 생명에 해로운 일은 어떤 상황에서도 하지 않겠습니다.

나는 간호의 수준을 높이기 위하여 전력을 다하겠으며, 간호하면서 알게 된 개인이나 가족의 사정은 비밀로 하겠습니다.

나는 성심으로 보건의료인과 협조하겠으며, 나의 간호를 받는 사람들의 안녕을 위하여 헌신하겠습니다."

100명 가량의 학생들이 하나의 목소리로 외치는 선서는 무척이나 숭고하고 아름다웠다. 동민은 새삼 운영이 사명감을 가지고 직업을 선택했다는 생각이 들었다.

교가 제창으로 선서식이 끝나고 간호학과 학생들은 간호캡을 환호성을 지르면서 하늘 높이 던졌다. 학생들은 여기저기서 친구들과 어울려 사진을 찍으면서 웃음꽃을 피웠다.

동민과 남경, 순정은 강당 밖에서 운영이 나오기를 기다렸다.

운영은 학생들 무리와 같이 나왔다. 남경이 라이카 사진기를 들고 와서 같이 교정에서 찍을 참이었다. 그런데 운영의 옆에 키가 큰 남자가 서 있었다.

운영이 남자를 소개했다.

"인사해, 여기는 동아리 선배님이야."

운영은 이어서 동민 일행을 남자에게 소개했다.

"오빠, 은향초등학교 동창들이에요."

운영의 손에는 이미 커다란 꽃다발이 들려 있었다. 동민은 기분이 상했다. 그리고 이상한 느낌이 들었다. 동아리 선배라지만 친하게 보였고, 운영의 얼굴에는 웃음꽃이 활짝 피어 있었다.

그날 남경이 사진을 찍으면서 웃으라고 했지만 동민은 좀처럼 웃지 않았다.

동민은 서울로 돌아와 잠에 들기 전에 결심했다. 월급을 탈 수 있는 직업을 가지게 된다면 반드시 운영에게 청혼하리라 마음먹었다.

운영과 만나는 걸 반대하신 외할머니도 돌아가셨다. 이제 동민
도 대학을 졸업하게 된다.

반드시 취업을 우선시해서 앞날을 개척하리라 마음을 먹었다.

운영은 동민에게 대학을 졸업하기 전에 여행을 가자고 했다. 동
민은 부산으로 여행가기 위해서 기차표를 알아보았는데, 알고 보
니 순정과 남경도 같이 가는 여행이었다.

운영이 네 명의 우정을 위해 모두에게 전화를 걸어서 제안한 거
였다.

동민은 내심 두 명이 가고 싶었지만 이렇게 된 이상 최대한 즐겁
게 다녀오기 위해 여행 계획을 짰다.

부산의 명소인 태종대, 국제시장, 자갈치시장과 광안리, 해운대
해수욕장을 전철과 버스, 택시를 타고 둘러보기로 했다. 드디어 여
행가는 첫날, 일행은 부산역 앞에서 오후 2시에 모였다.

자갈치시장에서 수많은 해산물을 구경하고 생선회를 먹었다. 국
제시장에서는 향수나 화장품 같은 물건들을 샀다.

그들은 태종대에서 바람을 맞으면서 저 아래 파도가 치는 바다
를 오래도록 보았다. 동민은 마음속의 불편했던 지난날들이 싹 가

시는 느낌이 들었다. 운영은 옆모습에서 복잡한 표정이 엿보였다. 순정은 절벽이 무서워 남경의 손을 꼭 잡고 다녔다.

여러 군데의 관광을 끝내고 조개구이로 저녁도 먹고 숙소가 있는 해운대 해변으로 갔다.

순정이 제안했다.

"우리 숙소 들어가기 전에 시간이 있으니까 이 근처 슈퍼에서 생수나 필요한 물건도 사서 들어가자."

순정은 그렇게 말하고 남경과 앞장서 걸으면서 운영과 동민이 둘이서 이야기할 시간을 만들어주었다.

동민과 운영은 해운대 해변을 걸었다. 바람이 바다에서부터 불어왔다. 수천 번의 파도가 모래와 바위를 쳤다. 가로등이 켜 있는 해변은 사람이 많지 않았다.

그들은 바다를 마주 보고 섰다.

"바다에서 불어오는 바람이 가장 깨끗한 공기를 지녔대."

동민이 말했다.

"그래서 그런가. 파도만 보면 마음이 깨끗하게 정화되는 것 같아. 속상한 일도 울적한 일도 씻겨가는 것 같아."

동민은 운영의 옆모습을 보았다. 운영은 마음의 상처를 아직도 지니고 있었다. 동민도 잘 안다. 아버지를 잃는 슬픔을.

동민은 운영의 손을 꽉 잡았다. 그리고 외쳤다.

"운영아, 우리 저 해변 끝까지 달려가 보자. 어서!"

동민은 운영과 함께 모래사장을 뛰었다. 신발에 모래가 들어갔
지만 개의치 않았다. 속력을 늦추지 않았다. 운영도 잘 따랐다. 운
영의 스카프 끝자락이 날리고 머리카락이 날렸다. 동민은 싱그럽
게 웃으면서 운영과 달렸다. 마음의 슬픔, 스트레스, 고민과 걱정이
날아가 버렸다. 밤바람을 맞으면서 한참이고 달렸다. 어느샌가 비
가 내려오기 시작했다.

동민은 비바람을 맞으면서 운영을 진지하게 보았다.

"운영아… 사랑해…."

동민의 얼굴이 운영에게 다가왔다. 운영이 살포시 눈을 감았다.
동민은 운영의 입술에 키스했다.

비가 와서 온몸이 축축하고, 운영의 입술은 따뜻하고 부드러웠
다. 동민은 파도 소리를 들으면서 얼굴에 흐르는 비를 느끼면서 키
스했다. 그리고 두 팔로 운영을 꽉 안아주었다.

마음에서 소리가 나왔다.

'지켜줄 거야. 세상의 파도에서 너를 지켜줄 거야. 운영아, 사랑해.'

동민은 추워하는 운영을 위해 재킷을 벗어 운영의 어깨에 걸쳤다.

"들어갈까?"

운영이 고개를 저었다.

"아니. 좀 더 있고 싶어. 바다를 볼 기회가 적잖아."

"운영아. 숱한 파도가 바위에 부딪쳐도 바위는 그대로잖아. 우리도 그렇게 어른이 되자. 바람이 불어닥쳐도 우리는 버티고 서서 이겨내자. 그리고 너와 내가 같이 있다면 그 어떤 어려움도 헤쳐나갈 수 있을 거야."

운영의 얼굴에서 진주 같은 눈물이 흘러내렸다.

"동민아, 고마워… 나는 어려운 시간도 행복한 순간도 모두 너와 함께였어. 앞으로도 그러고 싶어."

"걱정 마. 그렇게 될 거야."

"동민아, 고마워. 그리고 사랑해…."

동민은 두 팔을 하늘로 높이 치켜들고 빙글빙글 돌았다.

"우와아아! 운영이는 동민이를 사랑한다! 사랑한다고! 나는 이 세상 전부를 얻었다!"

동민은 비를 맞으면서 파도를 향해 달려가다가 폴짝폴짝 뛰면서 즐거워했다.

운영은 활짝 웃으면서 동민을 보았다. 어느덧 나란히 서서 검푸른 바다의 파도가 부서지면서 하얀 포말을 만드는 걸 묵묵히 지켜보았다. 동민의 손은 운영의 손을 꼭 잡고 있었다.

그렇게 밤바다 앞에서 두 사람은 오랜 시간 꼭 붙들고 파도를 보았다.

그날 밤, 순정과 남경은 들어오지 않는 동민과 운영을 더 기다리지 않고 일찍 잠자리에 들었다. 여자 방, 남자 방 하나씩 두 개를 빌려서 각자 방에서 잘 준비를 했다.

남경이 이불을 반듯하게 펴고 자려는데 누군가 노크를 했다. 문을 여니 순정이었다.

남경은 체크무늬 파자마 바람으로 순정을 맞았다.

순정은 오징어, 과자와 맥주 두 캔을 보였다.

"동민이랑 순정이는 안 들어올 거 같으니 우리끼리 자축해야지. 이렇게 여행 온 거 거의 처음이잖아. 우리 네 사람 우정을 축하하는 의미야. 헤헤."

남경은 테이블에 앉아서 과자와 맥주를 세팅했다. 그리고 구운 오징어를 손으로 하나하나 찢었다.

"남경이 너는 정말 꼼꼼한 거는 알아줘야 해."

"그럼 뭐하나? 내가 좋아하는 사람은 맨날 다른 사람만 쳐다보고 있는데."

순정이 남경을 노려보았다.

"무슨 소리야?"

"아, 아냐. 그런 게 있어."

남경이 딴청을 피웠다. 그리고 진지하게 말을 이었다.

"이제 순정이 너, 동민이 운영이에 대한 일편단심 알면 더는 좋아하지 마라."

"나는 동민이를 친구로서 좋아하는 건데 뭐."

"그게 아니잖아. 그리고 다른 사람한테도 눈을 돌려봐. 세상이 얼마나 넓고도 좁은지 아냐?"

"응? 그게 무슨 말이야?"

남경은 능청스럽게 오징어 다리를 먹으면서 말했다.

"그런 게 있어. 자고로 등잔 밑이 어둡고 그런 거야. 너 주변에 괜찮은 사람 없는지 잘 생각해봐. 흠흠."

순정은 맥주를 한 모금 마시고 고개를 저었다.

"별로, 없는 것 같아."

남경이 화를 벌컥 냈다.

"없기는 왜 없어! 나 같은 멋진 사람이 늘 널 지켜보고 만나주고 항상 미래를 이야기하고 걱정도 들어주는데 말이지!"

순정은 풋 웃었다. 남경도 마주 보고 웃었다. 방 안에 웃음이 감돌고 나서 갑자기 어색함이 찾아왔다. 순정은 새침한 얼굴로 일어나서 자리를 정리했다.

"나 내 방으로 돌아갈래. 운영이가 돌아와 있을지 몰라."

"에구 맹추야! 걔네들 걱정은 접어둬. 동민이가 안 돌아왔는데 운영이가 들어왔겠냐? 순정이 너, 나도 마냥 기다려 주지는 않을 거야. 그 정도만 알아둬."

순정은 방으로 돌아와서 이불을 뱅그르르 말아서 방 안을 굴러다녔다. 마음이 싱숭생숭했다.

알고 보면 침착하고 진지한 동민이보다 남경이가 더 잘 챙겨주고 웃게 해주고 자상했다. 그리고 동민이만 바라본 시간만큼 남경도 순정을 뒤에서 바라보았다.

순정은 가끔 남편감으로 남경이만 한 사람도 없다고 여겼다. 친절하고 세심하고 차분하면서도 위트가 있었다. 순정은 그날 밤, 자기 전까지 남경에 대해 진지하게 생각해보았다.

다음 날 새벽 동민과 운영이 숙소로 돌아왔다.

동민이 방을 오가면서 모두를 깨웠다.

"여기까지 와서 일출 안 볼 거야? 잠은 나중에 자도 충분하지 않아?"

세수만 간신히 하고 해운대로 나갔다. 주홍빛으로 타오르는 해를 보면서 동민, 운영, 남경, 순정은 어깨동무했다. 운영은 눈을 감고 소원을 빌고, 동민은 이글거리는 태양을 직시했다. 남경은 순정의 옆모습을 보고, 순정은 파도를 묵묵히 보았다.

아름다운 광경이었다.

동민이 입을 뗐다.

"우리 나중에 여기 또 오자."

"정말?"

"응, 다 같이 함께."

그들은 숙소를 정리하고 나와 황태해장국을 먹고 나서 해운대를 떠나 기차역으로 출발했다.

동민은 여행을 다녀오고 대학교를 졸업하자마자 군대에 가리라 마음을 먹었다. 학사장교로 가면 월급이 나와 수민의 학비도 대고 운영과 결혼할 수 있겠다는 희망이 움트고 있었다.

외할머니의 말씀 때문에 지원하는 것은 아니었지만, 내내 걸리는 말이기도 했다.

'외할머니는 왜 군인이 되라고 말씀을 하셨을까.'

동민은 학사장교로 가려고 마음을 먹었지만 엄마는 만류했다.

연좌제에 의해 범죄자의 가족은 수십 년 동안 신원조회 과정 후에 공무원에 임용되지 못했다. 엄마는 연좌제가 1980년 폐지되었다지만, 아직 암암리에 있으니 장교는 못 할 거라고 했다. 하지만 1990년대 들어서면서 구습은 서서히 효력을 발휘하지 못했다.

동민은 시험해보고 싶었다. 자신이 군인이 될 수 있는지. 군 입대를 어차피 해야 한다면 체계적으로 배울 수 있는 육군 학사장교에 지원하고 싶었다. 학사장교는 대학교를 졸업하고 군대를 장교로 갈 수 있었다.

필기와 신체검사, 인성검사를 통과하고 1차 면접을 합격했다. 그리고 최종 면접에 들어갔다.

"2326번, 서동민 지원자 앞으로."

"네. 2326번 서동민입니다."

군복을 입은 면접관은 날카로운 눈으로 서류를 훑고 물었다.

"학사장교로서 갖추어야 할 자질과 리더십에 관해 말해보세요."

"장교의 자질은 직무지식을 정확하게 익혀서 소속된 군부대의 핵심가치가 무엇인지 파악하고 소대원들을 통솔하는 것이 중요하다고 여깁니다. 확고한 국가관과 안보의식으로 논리적이고 질서정연한 리더십으로 이끌어가야 합니다."

면접관은 흡족한 얼굴로 동민을 지켜보았다. 면접이 끝나고 면접관은 동민을 남게 했다.

"내가 남으라고 한 이유 중에 짐작 가는 것이 있습니까?"

동민은 긴장했지만 담담하게 말했다.

"있습니다."

"말해보시죠."

"외할아버지가 빨치산에게 식량과 자금을 댔습니다."

면접관은 고개를 끄덕였다.

"솔직해서 좋군. 연좌제는 폐지됐지만 아직도 서류에 기입되어 올라옵니다. 현 분단국가에 대해 어떻게 생각하고 있습니까?"

동민은 국가관과 안보관에 대해 생각해온 대로 솔직하게 답했다.

집으로 돌아가는 길에 아무래도 탈락할 것 같은 예감이 들었다. 이대로 입대를 해야 하나, 대학원에 진학하나 고민을 하다 공중전화가 보여 운영에게 전화했다.

운영은 대학교에서 근로장학생으로 일하고 있어 사무실에 근무하는 시간이었다. 이제 군에 들어가게 되면 연락할 시간이 거의 없을 것이다.

"네. ○○대학교 간호학과 조교실입니다."

"운영아."

잠시 침묵이 있다가 운영이 답했다.

"점심시간이라 조교들은 모두 식당에 갔어. 이야기해도 돼."

"나 학사장교에 지원했는데 잘 안 될 것 같다."

사실 동민은 학사장교에 지원한 이유는 월급도 있지만, 다른 이유는 현역으로 입대하는 것보다 휴가를 자유롭게 쓸 수가 있었기 때문이다.

"나 현역으로 입대하게 되면 잘 보지 못할 수 있다."

"알고 있어."

"만약에… 학사장교로 임관해 휴가받으면 집에 들렀다가 가장 먼저 은향리로 갈게. 만나자. 시계탑 앞에서."

전화 속 상대방은 말이 없었다.

"그럴 수 있겠지?"

동민이 채근하자 운영이 답했다.

"시계탑 앞에 늘 가던 카페로 와. 먼저 전화하고. 전화 끊어야 돼. 조교 언니 올 시간이야."

"고마워, 운영아. 정말로 학사장교가 되면 찾아갈게. 만일 현역 으로 가더라도 편지는 자주 쓸게."

동민은 동전이 떨어져 얼른 수화기를 내려놓았다.

그리고 얼마 후, 기적같은 일이 벌어졌다. 수민이 전화를 받았는 데 동민이 학사장교 시험에 합격했다는 것이다. 며칠 후에는 합격 을 알리는 편지도 도착했다.

동민은 임관 준비를 하면서 첫 휴가에는 반드시 운영을 보러 은 향리 도자마을에 갈 것을 마음먹었다. 훈련소에 입소하는 날이 되 었다. 새벽에 일어나 준비를 하는 동민에게 김미자가 다가왔다.

"동민아, 택시 기사님 30분 있다 나오신단다."

이웃에 사는 택시 기사님에게 훈련받는 사관학교까지 데려다 달 라고 부탁했기에 시간에 맞춰 나오기만 하면 되었다.

김미자는 아침으로 불고기와 미역국을 끓였다. 훈련받는 동안 생일이 있어 미리 준비했다. 국에는 귀한 전복과 도미가 들어 있었 다. 국을 먹는 동민은 목이 메었다.

집에 엄마와 수민이와 달랑 있을 걸 생각하니 걱정도 되었다.

"월급은 전액 부칠게요. 앞으로 살림 걱정 마세요."

김미자는 말없이 반찬을 더 내주고는 고개를 돌려 설거지를 했다. 시간이 되어 짐과 함께 택시에 올라탄 동민의 손을 김미자가 잠시 꼭 잡았다. 출근 때문에 따라가지는 못하지만 마음만은 함께였다.

김미자는 택시에 올라타 동민과 눈을 마주치고 말했다.

"건강이 첫째다. 집은 걱정 말아라. 그리고 무엇보다 모든 일에 참을성 있게 잘 지나가야 한단다. 우리 집은 그래야 한다. 네가 불리하더라도 조금씩 참고 비켜주면 일은 해결된다."

동민은 엄마의 말이 무엇을 뜻하는지 알고 있었다. 아직도 남한과 북한이 대치하면서 신경전을 벌이는 일들이 종종 있다. 연좌제가 풀렸어도 윗선에서 보기에 좋아 보이는 이력은 아니었다. 동민은 고개를 끄덕였다.

"걱정 마세요, 엄마."

김미자는 동민의 손을 꽉 잡았다. 떨리는 손이 인상 깊었다. 동민의 눈시울이 붉어지고, 김미자도 눈물을 보였다.

"오빠, 잘 다녀와."

수민은 학교 가기 전에 동민에게 인사를 했다.

"엄마 잘 모시고 있어. 휴가 나오면 올게."

"응, 오빠."

동민은 그렇게 훈련소에 입소했다.

긴 훈련 기간 동안 가족과 입소 동기들 그리고 운영을 생각하면서 고강도 훈련들을 참아나갔다.

9

군복을 입고 찾아갔지만,

'유리창엔 비'

6개월 훈련 후 소위로 임관하여 강원도 철원에 배치되었다. 북녘 땅이 보이는 최전선 포병장교로 임무를 시작했다. 뜨거운 폭염과 혹한을 겪고, 밤 11시 넘게 퇴근하는 등 일에 치여 살았다. 나중에는 100명이 넘는 병사를 지휘하는 본부포대장도 하게 되었다.

동민은 군대에서 받는 스트레스를 여가에 편지를 쓰거나 책을 읽으면서 풀어나갔다.

문학 잡지나 해외 번역서, 국내 유명 작가들의 작품과 시집을 읽고, 틈틈이 가족들에게 편지를 썼다. 엄마, 수민 그리고 남경과 순정에게도 편지를 썼다.

그리고 운영에게도 편지를 자주 보냈는데 답장이 잘 오지 않았다.

동민은 마음을 먹고 자신이 휴가를 받으니 읍내 시계탑 앞에서 몇 월 며칠에 만나자고 적었다. 무조건 답이 안 오더라도 찾아갈 작정이었다. 운영에게서는 편지가 오지 않았다. 하지만 동민은 휴가를 받은 날 서울 집에 들러서 엄마와 수민을 만나고 일이 있다고 하고는 도자마을로 향하는 버스에 올랐다.

그날 시계탑에서 약속한 시간부터 다섯 시간이 넘게 운영을 기다렸지만 그녀는 끝내 오지 않았다.

동민은 고민하다 남경과 순정이 휴가철이라 고향에 내려와 있지 않았을까 하는 생각에 전화를 해보았다. 순정은 삐삐 번호를 알고 있어 호출했다. 잠시 후 순정에게 전화가 왔다.

순정은 밝은 목소리로 당장 시계탑 근처 커피숍으로 나온다고 했다. 휴가를 맞아 본가에 와 있다는 것이다.

순정은 예쁜 모자에 플레어 원피스를 입고 나왔다. 오랜만에 보니 반가웠다. 군대에서 가장 많이 받은 편지도 순정에게서였다.

커피숍 구석에 앉은 동민에게 순정이 다가왔다.

"동민아, 정말 늠름하다. 군복을 입고 올 줄은 몰랐어. 정말 멋져."

동민은 순정에게 어떻게 지내는지 물었다. 순정은 대학교 졸업

후 의류 회사에서 패션 디자이너로 근무하고 있고, 남경은 전공을 살려서 방위산업체 기업에 다니고 있었다.

동민도 편지를 통해 아는 사실이었지만 반가운 친구의 입으로 들으니 즐거웠다.

동민의 표정이 잠시 어두워지자, 순정이 조심스럽게 말을 꺼냈다.

"운영이에게서 연락이 없지?"

"어? 순정아, 어떻게 알았어?"

순정은 머뭇거리다가 입을 열었다.

"동민아, 지금 나한테 들은 이야기는 절대로 집에서 꺼내면 안 돼. 운영이가 원하지 않을 거야."

"어서 말해 봐."

"운영이에게 너네 어머니가 찾아오셨다고 들었어. 아마 간곡한 부탁을 하고 가셨을 거야."

동민은 짚이는 바가 있었다. 이렇게 끝나서는 안 된다. 바로잡아야 한다.

"그리고 그뿐 아니라, 동네에서 운영이가 망신을 당한 일이 있었대. 이건 우리 엄마한테 들은 건데, 운영이 아버지가 돌아가신 사건이 아직도 동네 아주머니들 사이에서 말이 많대. 어떤 분들은 횡령이 맞다고 하고, 또 어떤 분들은 은행에 돈을 맡겨 투자했다가 손해를 봤다며 운영이네 집에 찾아가 항의하고 그랬대. 오래전 일인데도 이 동네는 워낙 좁다 보니까 서로 마음에 안 맞는 일이 생기면 과거 일도 다 들추어 괴롭히는 거 너도 알잖아. 그게 타지인들에게 더 하고…."

동민은 군모를 챙겨서 얼른 일어났다.

"순정아, 커피 값 계산하고 갈게. 나 먼저 간다."

동민은 운영이 다니는 대학교를 향해 달려갔다. 뛰어가기에는 꽤 먼 거리이다. 가다가 택시를 잡아타고 대학교로 무작정 향했다.

운영은 방학에도 내내 근로장학생으로 근무하고는 했다. 어쩌면 지금도 그럴지 모른다.

그래서 못 오는 것일 수도 있다. 동민은 타들어가는 심정으로 택시에서 초조하게 기다렸다.

택시가 대학교 정문에 서자, 동민은 그대로 간호대학을 물어서 달려갔다.

대학교 건물로 들어가 과사무실로 갔지만 문이 닫혀 있었다. 동민은 하는 수 없이 돌아 나오다가 간호학과 과사무실 편지함에서 자신이 보낸 편지를 발견했다.

운영의 집으로 보내도 답이 없자, 몇 통은 간호학과로 보낸 것이다.

동민은 편지를 움켜쥐었다. 자신이 보낸 편지를 운영은 받지 않았다. 가슴 안쪽에서 헛헛한 감정이 밀려왔다. 동민은 얼른 건물을 빠져나왔다.

동민은 과거에 운영의 집에 가본 적이 몇 번 있었다. 가야 한다. 말을 해야만 했다. 다급하게 대학교를 나가서 택시를 잡아탔다.

애타는 마음으로 택시를 타고 운영의 집 근처에서 내렸다. 황급히 달려 운영의 집을 찾았다.

동민은 운영의 집 앞에서 옷차림을 가지런히 하고 대문 안으로 안쪽을 들여다보았다. 마당에 빨래를 너는 여자가 있었다.

동민은 운영아를 부르려다 멈췄다. 아니었다.

몇 번 본 적 있는 운영의 언니였다. 동민이 발길을 돌리려는 찰나, 마침 뒤돌아본 운영의 언니와 시선이 마주쳤다.

"저기 혹시 운영이 친구 맞죠? 군대 간 거예요?"

동민은 애절한 목소리로 답했다.

"네, 맞습니다. 운영이 안에 있으면 만날 수 있을까요?"

"여기 안 살아요. 대학교 근처에서 자취해요."

"꼭 만나고 싶습니다."

"후우, 그렇지 않아도 혹시나 군대 간 친구가 여기까지 오면 자신이 살고 있는 집은 알려주라고 했어요. 그래도 탈영할까 봐 걱정은 됐나 봐요."

동민은 정중하게 고개를 숙여 보였다.

"알려주시면 감사하겠습니다."

운영의 언니가 진지하게 말했다.

"알려는 드릴 수 있는데 사실… 운영이, 사귀는 사람 있어요. 이제 그만 놔줘요…."

동민은 놀라서 멈칫했다.

운영의 언니는 메모지에 주소를 적어주었다.

"이곳으로 가봐요. 운영이가 알려주라고 허락했으니 괜찮을 거 같지만, 그래도 운영이도 나름대로 동네에서 안 좋은 말 나올까 봐 내내 걱정하면서 살고 있으니 귀찮게 하면 안 되어요. 내가 생각해도 둘은 이제 그만 만나는 게 나을 것 같아요."

"네, 알겠습니다. 걱정 끼쳐 드려 죄송합니다."

동민은 정중히 인사를 했다.

밤이 되어 찾아간 운영의 자취방은 불이 꺼져 있었다. 동민은 대문 앞에서 기다리는데 저만치 가로등 길 아래 우산을 쓴 남녀가 다가오고 있었다. 동민은 비가 오는지 모를 정도로 긴장한 상태여서 그대로 비를 맞고 있었다.

동민이 집중해서 보니 운영이가 맞았다. 그 옆에는 키가 큰 남자가 우산을 씌워주고 있었다.

어디선가 본 듯한 인상이었다. 기억을 더듬어보니 나이팅게일 선서식에서 운영에게 꽃다발을 주고 간 동아리 선배였다. 동민은 뒤돌았다. 그리고 몸을 낮추고 골목 반대쪽으로 빠르게 걸어나갔다.

그날 동민은 밤이 새도록 걷다가 터미널에 도착해 서울로 가는 막차에 몸을 맡겼다. 군복이 다 젖어 있었다.

버스 안 라디오에서 〈유리창엔 비〉가 흘러나왔다. 처량한 가사와 음색이 동민의 현재 마음을 그래도 나타내주는 것 같았다.

눈물이 흘러나왔다. 차창에 비친 자신의 얼굴에 흐르는 눈물이 밖의 빗줄기와 함께 겹쳐져 보였다.

동민은 얼굴 대신에 창을 손바닥으로 닦아냈다. 운영은 그래도 자신을 걱정해 주소는 알려주고 갔다. 하지만 운영의 곁에는 이미 다른 사람이 있다.

운영은 동민과 만나는 데 괴로움이 있다. 하지만 다른 사람에게

서는 안정과 행복감을 느낄지 모른다.

그렇다면 자신은 빠져주는 게 맞는 일이다.

동민은 창밖 지나가는 풍경을 보면서 흑흑 울었다. 자그마치 초
등학교 4학년 때부터 좋아하던 사람이다. 이렇게 헤어질 수는 없었
다. 하지만 엄마의 반대와 동네 사람들의 입방아, 그리고 그 착한
운영에게 아픔을 준다는 게 못내 싫었다.

동민은 주먹으로 눈물을 훔쳤다. 마침 옆에 앉아계시던 할머니
가 레이스가 달린 손수건을 내밀었다.

"아니 군인 아저씨가 뭐가 그렇게 슬퍼 눈물을 흘려요. 이걸로
좀 닦아."

할머니는 보퉁이 안에서 삶은 감자와 달걀을 꺼내 동민에게 연신
들라고 권했다. 동민은 하는 수 없이 감자를 먹는데 목이 메었다.

"캑캑."

할머니는 보퉁이에서 사이다를 꺼내서 병뚜껑을 이빨로 툭 하니
땄다.

"이거 마시고 얼른 돌아가 나라 잘 지켜요, 군인 아저씨."

"감사합니다, 어르신. 그럴게요."

동민은 사이다를 꿀꺽 마시면서 마음을 다잡았다.

아직 군복무 기간도 남았고 미래에 대해 걱정해야 한다. 집안도 일으켜야 하고 수민이 학비도 대야 한다. 군대에 남을 것인지, 전역하고 회사에 취업할 것인지 빠른 시일 내에 결정해야 한다.

이렇게 슬픈 감정에 빠져 허우적댈 수는 없었다. 고속터미널에서 내린 동민은 할머니의 짐을 택시 타는 곳까지 들어다 드렸다. 그리고 꾸벅 인사를 하고 정말 고맙다고 했다.

어르신이 다독여주어서 기운을 얻었다.

동민은 집으로 돌아가서 자기 방으로 들어가 이불을 뒤집어쓰고 눈물을 흘렸다. 축축한 기운이 느껴져 군복을 벗고 옷걸이에 잘 걸어두었다. 수민과 엄마는 잠자고 있었다. 샤워하면서 동민은 눈물을 마저 흘렸다.

다음 날, 아침상에서 마주한 엄마는 동민이가 은향리에 다녀온 걸 알고 있는 눈치였다. 무척 화가 나지만 꾹꾹 참는 얼굴로 한 마디했다.

"동민이, 너 앞으로 운영이 만나지 마라. 아니, 만나지 못할 것이다. 내가 그리 모질게 엄하게 이야기했는데도 운영이가 너를 만나면 그 애는 사람도 아니다."

동민은 국을 먹다가 목이 메었다.

"엄마, 왜 그러셨어요. 그 가련한 아이에게 왜 상처를 주셨냐 말이에요."

수민은 무거운 분위기에 압도당해 식사를 얼른 마치고 방으로 들어가 학교 갈 준비를 했다.

"동민아, 엄마가 할머니가 반대하는 결혼을 하기까지 얼마나 많은 힘든 과정이 있었는 줄 아니?"

동민은 잠자코 있었다.

"자그마치 오빠가 나를 잡으러 서울로 세 번이나 왔어. 집안에서는 그때마다 발칵 난리가 났다. 그런데 보란 듯이 잘살면 그만이지만 네 아버지 너 일곱 살에 돌아가고, 너희들은 시골에 맡겨지고 얼마나 동네에서 수근거림을 들었니? 마을 아줌마들이 나만 보면 애들 맡기고 서울에서 밥이 넘어가냐고 묻는 통에 명절에 너희들 보러 내려가지도 못했던 내 마음은 어떻겠니? 그래서 운영이 만났다. 내 아들 앞길 가로막지 말라고. 너희들은 절대로 이어질 수 없는 사이야."

동민은 굳게 말했다.

"집안에서 반대하는 결혼을 했다고 다 못 사는 것은 아닙니다.

이제 외할머니도 돌아가셨고 집안에 묵은 일들은 잊고 새로 시작하는 게 낫습니다."

김미자는 고개를 저었다.

"아니 너희 둘은 절대로 안 돼. 운영이 아버지, 그렇게 간 것 때문만은 아니야. 그 아버지가 예전에 너희 큰이모와 결혼하려다 결국 집안의 반대에 못 이겨 헤어진 사람이란다."

동민은 깜짝 놀랐다.

"그러니 관둬라. 예전에 먼 친척 집에 얹혀 대학교를 다니던 시절에 느이 큰이모와 사귀었다가 헤어진 남자가 바로 운영이 아버지란 말이다."

동민은 놀라운 이야기를 들었지만 굳은 얼굴을 풀지 않았다.

"다 지난 일입니다."

"동민아, 그리 말해도 모르겠니? 너는 나같이 불행해져서는 안 된다. 너는 행복하게 살아야 해. 동네 사람들 손가락질 받을 일 없이 번듯하고 힘차게 잘 살아야 한다. 그게 돌아간 느이 아버지 소원이셔. 절대로 운영이는 안 된다. 너는 행복하게 살아야 한단 말이다."

동민은 고개를 저었다.

"아니오, 저는 이미 행복하지 않습니다."

동민은 식사 자리에서 일어나 군복을 갖춰 입고 나갈 준비를 했다. 아픔을 억누르고 군대로 복귀해야 했다.

멀리 떠나간 그대,
'내 아픔 아시는 당신께'

시간이 흘러 장교를 전역한 동민은 시계탑으로 내려갔다. 다시 운영에게 편지를 보냈다. 약속 시간과 장소를 적었지만 나오리라는 보장은 없었다. 하지만 만나야 했다. 운영이가 정말 결혼할 사람이 있는지 확인해야 했다.

동민은 시계탑 광장 건너편 카페에 앉아서 대형 어항 속 물고기들이 유유히 헤엄치는 걸 하염없이 바라보았다. 커피가 차갑게 식고 있었다. 어느덧 두 시간이 넘어 있었다. 동민이 테이블에 펼쳐둔 책을 들고 일어나려는데 카페 문이 열렸다.

동민은 고개를 들어 문을 보았다. 들어서던 운영과 시선이 마주쳤다. 레이스 블라우스에 체크무늬 플레어스커트를 입고 하얀 양말에 구두를 신은 운영은 망설이다가 동민의 테이블로 왔다.

동민은 짧은 머리에 손을 얹어 단정하게 정리했다.

침묵이 있었다. 운영이 먼저 입을 열었다.

"아직 머리가 안 자랐네?"

"응. 전역한 지 얼마 안 됐어."

동민은 속이 타서 식은 커피를 한 모금 마셨다.

"운영아, 취업은 했니? 간호사로 병원에 근무하는 거야?"

운영이 고개를 저었다.

"아니. 미국으로 가."

"미국?"

"응. 학교 선배가 같이 유학 가자고 해서 결심하게 됐어."

동민은 흔들리는 눈빛으로 운영을 보다 말했다.

"나 군대 휴가 나와서 너가 사는 자취방 간 적이 있었어. 그때 비 오는 날이었는데, 우산을 씌워주던 그 남자 말이지?"

사실 그날 운영도 동민의 뒷모습을 보았다. 하지만 일부러 아는 척을 하지 않았다. 단념시켜야겠다는 생각으로 편지에 응답도 하지 않았다. 하지만 오늘 약속은 망설이다 나왔다.

마지막은 꼭 얼굴을 보고 헤어져야 한다고 생각했다.

"맞아. 약혼할지도 몰라."

동민은 커피잔을 꽉 쥐었다. 주먹이 쥐어지면서 손톱 끝이 살을 파고들었다.

"운영아, 우리가 함께 보낸 시간은 일대기잖아. 그게 사라질 순 없는 거잖아."

운영은 침묵하다 떨리는 목소리로 답했다.

"아니. 모든 건 바뀌게 되어 있어. 너와 나의 사랑도 그래. 우리는 맺어질 수가 없다는 거 너도 잘 알잖아. 동민이 너, 우리가 사귀던 시절에 사귄다는 걸 어머니한테 한 번이라도 제대로 말씀드린 적 있니?"

동민은 말을 할 수가 없었다. 매번 피하거나 숨기거나 했다. 진지하게 운영과 결혼을 할 거라는 말을 할 수가 없었다.

"미래가 없는 사이는 그만 만나도 된다고 생각해. 나는."

운영은 단호하게 말하고 일어났다.

"이거 돌려줄게."

운영은 그간 동민이 건넨 테이프나, 문학 책들, 교환일기를 썼던 노트나 우편엽서, 편지지를 돌려주었다.

동민은 얼굴이 일그러지면서 가슴이 찢어지듯이 아파왔다.

하늘이 무너지는 것 같고 과거가 부정당하는 것 같았다. 숨을 쉴 수 없는 고통이 느껴졌다.

"운영아… 이럴 수는 없잖아…."

운영은 천천히 몸을 돌려 슬픔을 억누르고 카페 문으로 향했다. 동민은 운영을 잡을 수가 없었다. 힘이 풀려서 그대로 의자에 털썩 주저 앉았다.

한 시대가 저무는 느낌이 들었다.

아무런 저항도 할 수 없었다. 동민은 테이블에 운영이 놓고 간 선물들을 두고 카페에 한참 앉아 있다가 늦게서야 자리에서 일어났다.

도자마을에서의 추억이 눈앞에서 하나하나 사라지는 느낌이 들었다.

한편 카페를 나온 운영의 눈에서 하염없이 눈물이 흘러나왔다.

동민에 대한 진심이 아니었다. 하지만 지난번 동민의 어머니가 찾아왔을 때 이미 헤어져야 한다는 걸 직감했다.

운영의 아빠가 동민의 큰이모와 사귀었다가 헤어진 사이라는 것은 처음 듣는 사실이었다. 하지만 확인해볼 수 없었다. 아빠는 돌아가셨고, 엄마는 아프다. 운영은 세상 온갖 설움을 다 절절하게 느꼈다. 아빠가 가고 나서 학비를 내기도 빠듯했고, 엄마는 내내 아파 병석에 자주 누웠다. 엄마를 간호하는 마음은 무거웠고, 세상은 두려웠다. 아직도 좁은 동네에서는 은행에서 횡령했다는 의혹을 거두지 않았다.

가끔 돈은 어디 숨기고 왜 그렇게 가난한 척 사느냐라고 질타하고 가는 어른도 계셨다. 하지만 어려운 처지에 이사 가는 것도 쉬운 일은 아니었다.

그런데 이제는 반대에 못 이겨 사랑하는 동민과 헤어져야 하는 시기가 온 것이다.

그리고 오래도록 마음을 고백하는 선배가 다가왔다. 운영은 마음을 굳게 먹었다. 동민과 헤어져 먼 곳으로 떠나야 이 힘든 상황을 이겨낼 수 있겠다는 결심이 섰다.

동민을 만나기 전날 밤, 마지막으로 동민이 주었던 테이프를 틀었다.

아름다운 노래를 들으면서 동민이 준 편지와 교환일기, 선물을 모두 일일이 가방에 챙겼다.

눈물이 끊임없이 흘러내렸다. 새벽이 되어서야 눈물이 그치고 마음을 굳게 먹을 수 있었다.

그렇게 운영은 미국으로 떠났다. 동민은 밀려오는 허전함과 아픔을 잊기 위해 지인의 소개로 들어간 출판사 일에 몰두했다.

대학교 때 시인을 지망하면서 수많은 문학 작품을 읽었지만, 출판사에서 업무를 하는 것은 또 다른 문제였다. 해외 출판기획팀에서 일을 시작하게 되었다.

한 권의 책을 기획하기 위해서 저자 미팅과, 번역자 관리, 에이전시 관리, 해외 도서 진행 등 여러 가지의 안 해본 일들을 접했다. 같은 팀 선배인 이 과장과 함께 일하면서 업무를 배워나갔다.

동민은 처음에 어리바리했지만, 친절한 이 과장은 차근차근 일을 가르쳐주었다. 하지만 처음 일을 시작해본 동민은 기획안을 만드는 데 애를 먹었다.

"서동민 대리, 이력서를 보았는데 장교로 근무했던데, 거기서 기안들 작성해봤잖아? 한번 응용해봐."

동민은 다행히 군대 장교로 근무하면서 배웠던 실무를 완전히 기억하고 있었다. 훈련의 예정 사항과, 실시 사항과 결과, 보완점을 기안 서류로 만드는 일을 했는데 출판 기획서를 그 서류 만들던 방법대로 차근차근 만들다 보니 업무 효율이 높았다.

"거봐, 그렇게 하니까 되잖아. 이건 합격이야."

이 과장의 칭찬은 동민을 뛰게 만들었다.

동민은 주말마다 교보문고에 가서 신간 책들의 표지, 제목, 기획 콘셉트, 저자 등을 유심히 살피면서 공부했다.

동민은 이 과장의 신뢰로 외국 책들을 들여와 번역해 출간하는 업무를 담당했다. 번역자들과 미팅을 하면서 해외 문학 에이전시 담당자들과 만나 해외 신간 동향을 파악했다. 하지만 인기 있는 책들은 대형 출판사들이 선점해서 출간할 기회가 좀처럼 생기지 않았다.

동민은 고민하다가 전략적으로 움직이고자 했다. 다행히 출판사 위치가 해외 문학 에이전시와 가까운 거리에 있어 점심을 일찍 먹고 에이전시 회사로 걸음을 옮겨 담당자와 짧은 담소를 나누었다. 이 과장이 미리 전화를 해두어서 담당자를 반갑게 만날 수 있는 날도 있었다.

해외 문학을 안내하는 팸플릿을 먼저 받아볼 수는 없는지 물어보았지만 그들은 정색했다. 하지만 친분이 생기자, 팸플릿을 우편으로 먼저 보내주기도 하고 이것저것 노하우를 알려주는 담당자도 생겼다.

동민은 이 과장과 기획한 20대에 해야 할 일들을 담은 처세서를 번역 출간해 대박을 치는 성과를 거두기도 했다. 그렇게 회사 일에 몰두하면서도 한가한 시간에는 가끔 운영이가 미국에서 잘 살고 있는지 생각해보기도 했다. 그 뒤로도 운영의 소식은 듣지 못했다. 동민은 실연의 아픔을 회사 일을 하며 잊으려 노력했다.

회사에서 동민이 기획한 책들이 좋은 평가를 받아 서점에서 판매가 잘 되고 있었다.

서점에 가서 자신이 기획한 책들이 매대 전체를 차지한 걸 보고 감격할 때도 있었다.

점차 해외뿐 아니라, 국내 시나 문학 등의 책 기획도 생각해보았다.

한겨레문화센터가 신촌에 문을 열었다. 출판에 대해 정식으로 배워야겠다는 생각에 출판학교에 등록해 공부도 시작했다.

큰 출판사의 편집자와 출판평론가가 강의하는 수업들은 정말 흥미진진했다. 실무에 관해서 꼭 집어서 가르쳐주는 가뭄의 단비 같은 중요한 수업이었다.

뒤풀이도 참석해 다른 출판사나 기획사의 직원들과 어울려 출판계 돌아가는 이야기와 실무에 관해 서로 물어보기도 했다. 그렇게 낮에는 회사 일로, 저녁에는 출판학교 수업으로 바쁘게 돌아가던 날들이었다. 바쁘게 일하면 잠시나마 시름도 잊고, 일에 몰입할 수 있었다.

동민은 그렇게 실연당한 아픔을 잊어나갔다.

동민은 어느 날 한 통의 편지를 받았다.

운영이 미국에서 편지를 보내온 것이다. 동민은 집 우편함에서 수민이가 들고 온 편지를 받았다.

조심스럽게 편지를 열었다.

동민에게
....
어떻게 지내는지 물어본다면 이기적인 걸지 모르겠지만
....
정말로 편지를 보내 물어보고 싶었어.

동민아, 나는 미국에서 간호사 면허증에 도전하고 있어.
....

면허증을 따고도 인턴 생활을 해야만 여기 병원에서 근무할 수 있어.

영어 자격증도 따야 해서 쉬운 일은 아니지만 열심히 준비하고 있어.

그래도 국가 장학금으로 와서 가능하지 싶단다.

엄마는 요양원에 모시고 언니가 들러서 살피고 있어.

정말 미안한 마음이 들지만,

그래도 기대에 부응하기 위해 열심히 노력하는 중이야.

미안해. 그렇게 떠난 날 용서해달라는 말 차마 못 하겠어.

하지만 집안에서 반대하는 결혼, 동네에서 입방아에 오르는 일은

피하고 싶었어. 아버지 가실 때의 충격이 아직 가시지 않았고

엄마도 아프시고 여러 어려운 일들이 많았어.

동민아, 이제는 잊어달란 말을 하면 너무나 이기적인 말이겠지만

그래도 그 말을 하려고 편지를 한 거야.

나 결혼하게 될 거 같아. 미국 유학을 같이 온 선배가 청혼했어.

미안해, 그리고 고마웠어.

내 인생에 있어서 너와 함께 한 도자마을 복숭아밭에서,

숲에서 그리고 학교에서 보낸 시간들은 영원히 잊지 못할 거야.

무척이나 아름다운 나날이었고, 좋은 기억들이고 행복한 시간들이었어.

내가 사는 집 근처 한인타운 비디오방에서

한국 TV 드라마를 빌려다 볼 때마다 그 기억들이 새록새록 떠올라.

동민아, 건강하고 행복하고 그리고 가족들과 무탈하게 잘 지내기를 바라.

운영이가

그렇게 운영이 미국에서 결혼하게 될 거라는 소식을 접한 동민은 며칠째 일을 잡지 못했다.

뜨거웠던 여름 기운이 가시고 가을이 찾아왔다. 찬바람이 불면서 동민은 가을을 탔다. 20년 가까이 바친 사랑이 사라졌다. 그와 함께 복숭아 마을의 추억도 멀리 날아갔다. 남경과 순정 그리고 아름다운 풍경은 남았지만, 운영과 단둘이서 나누었던 마음과 사랑은 날아갔다.

동민은 인생의 의미가 무엇인가 고민을 했다. 자신에게 운명이 보이는 얼굴은 가혹하다는 생각도 들었다. 인생을 바칠 만큼 사랑했던 사람을 잃었다.

한편, 순정과 남경이 약혼할 거라는 소식을 전해왔다. 그들이 저녁 식사를 대접하겠다고 해서 동민은 식사 자리에 나갔다. 명동의 고급 중식당 룸에서 만나기로 했는데 동민이 도착해보니 순정의 옆에 처음 보는 여자가 앉아 있었다. 동민의 또래로 보이거나 조금 더 어려 보였다.

"동민아, 소개할게. 과 선배 언니의 동생이야. 오늘 좋은 자리라 내가 나오라고 했어."

순정은 활발하게 말하면서 동민을 소개했다.

"여기는 우리 은향초등학교 때부터 아삼륙으로 같이 다니던 친한 친구이고, 지금은 서울에서 삼총사로 같이 다니다가 이제 우리가 약혼하니 동민이만 홀로 남게 되었네. 출판사에서 기획 파트에서 일하고 유명한 해외 서적을 번역 출간해서 성공한 책들이 꽤 있는 친구야. 유능한 직장인 서동민을 소개합니다."

동민은 자리가 불편했다. 여성은 무척 아름답고 조심스러운 성격에 구청에서 공무원으로 일하고 있다고 했다. 하지만 동민은 아직 누구를 사귈 마음의 준비가 되어 있지 않았다. 순정은 둘을 이어 주려 하는 눈치였지만 동민은 말없이 식사에 집중했다.

그날 동민과 여성은 서로 명함을 건네고 연락처를 교환했다. 하지만 동민의 얼굴에는 웃음기가 거의 없었다.

식사 후에 여성이 자리를 뜨고, 셋이서 카페로 갔다. 남경이 음료를 주문하러 간 사이 순정이 화를 버럭 냈다.

"이 바보야. 맹꽁아. 아직도 모르겠어? 운영이는 미국에 같이 간 동아리 선배와 결혼을 할 거란 말이야. 그리고 남경이와 나도 조만간 결혼할 거야. 너만 혼자 남겨진다고, 너만!"

음료를 주문하고 온 남경은 분노하는 순정을 잡아끌어 당기면서 달랬다.

순정이 말을 이었다.

"너만 홀로 남는 걸 보기가 그래 오늘의 자리도 마련한 거야. 이제 예전처럼 자주 만날 수가 없다고. 우리는 더는 철없는 초등학생이나 대학생들이 아니야."

동민은 조용히 차를 마시고 자리에서 일어나 정말로 약혼을 축하한다고 말한 후 카페를 나갔다.

지금은 운영의 연락처나 주소도 모른다. 지난번에 온 편지도 발신인 주소는 운영이 미국에서 다니는 영어학원 사무실로 되어 있었다. 일부러 주소도 감춘 것이다.

그날 밤, 동민은 잠을 이루지 못해 조용히 한숨을 쉬면서 밤하늘을 올려다보았다.

타는 마음을 그렇게 달랬다.

며칠 후 동민은 남경의 전화를 받았다.

남경은 대뜸 술 한잔하자면서 삼겹살 가게로 향했다. 남경은 고기를 구우면서 한숨을 쉬었다.

"너 임마, 이제 순정이가 너 안 본대. 너는 왜 그렇게 사람 기분이나 마음을 못 맞춰주냐?"

술잔을 몇 번 기울이고 남경은 볼이 발그레해져서는 대뜸 말했다.

"야, 너만 운영이 때문에 힘든 줄 알아? 나도 순정이가 너 좋아하는 거 모를 줄 알았냐? 그런데 목석같은 너는 한 번도 안 받아주고 모른 척했지. 운영이만 바라보고. 그걸 보는 순정이는 초등학교 때부터 얼마나 마음 고생한 줄 알아? 너 정말 나쁜 놈이다. 그런데 말이야. 사랑은 표현하는 거야. 나 순정이에게 화끈하게 고백했다. 나랑 결혼하면 정말 아껴주고 예뻐해주고 해와 달도 따다 준다고. 너는 그런 고백, 운영이한테 한 번이라도 한 적 있어? 맨날 집안에서 반대한다 그런 뉘앙스만 풍겼지?"

제법 술이 들어간 남경은 정곡을 찔렀다.

"임마, 사랑은 그런 게 아니야. 표현하는 거야."

동민은 남경과 집으로 돌아가는 길에 '선영아, 사랑해'라고 적힌 플래카드를 보았다.

처음에는 미스터리한 광고로 시작했는데 나중에 포털사이트 홍

보였다고 밝혀졌다. '선영'이라는 이름을 알고 있는 이들은 설레기도 했다.

플래카드를 처음 보았을 때, 동민은 운영이가 바로 떠올랐다. 그동안 마음을 표현한다고 했지만 그게 잘 전달되지 않았을 수도 있다.

만약에 외할머니나 엄마가 반대하지 않았다면, 운영에게 집안의 비극적 사건이 없었다면, 동민이 장교로서 찾아갔을 때 그 선배가 집에 데려다주는 모습을 보고도 적극적으로 나섰다면, 혹은 나이팅게일 선서식에서 남자친구로서 확연히 나서거나 했더라면 인생은 달라졌을까.

세 시간을 넘게 버스를 타고 내려가던 시절이 떠올랐다. 간절하게 보고 싶다는 일념으로 만나러 다녔던 고등학교 시절의 마음이 쭉 이어졌다면 지금 운영과 함께 같은 곳을 바라보고 살지 않았을까.

운영과 같은 서울이나 같은 은향리 도자마을에서 쭉 살았다면 지금은 달라진 운명을 맞이하지 않았을까?

동민은 운명의 가혹함 앞에서 초연해지기로 마음먹었지만 오늘 남경의 말로 뭔가 달라져야 한다는 생각이 들었다.

'사랑은 표현하는 거야.'

남경의 목소리가 귓가에 울렸다. 새삼스럽게 순정을 일편단심으로 바라보던 남경이 결국 약혼을 하게 된다는 생각에 뭔가 깊은 울림이 있었다.

스쳐 지나가듯 만난,

'추억 속의 그대'

◆

남경과 순정의 결혼식은 은향리에서 전통혼례로 치러졌다.

동네 어르신들이 지켜보는 가운데, 남경과 순정의 일가친척이
모두 참석했다. 동민도 엄마를 모시고 수민과 함께 참석했다.

초례상에 신랑 쪽에는 청초를 꽂고, 신부 쪽에는 홍초를 꽂았다.
사과 배 등의 각종 과일이 높다랗게 올려지고, 동네 아주머니들이
부친 전과 고기도 올라갔다.

집례자의 안내에 따라 남경이 나무 기러기를 안고 기러기 머리
가 서쪽으로 가게 상에 올려놓은 다음, 절을 두 번 했다. 아주머니
들이 기러기를 순정의 어머니에게 드렸다.

그러고 나서 남경과 순정은 상을 가운데 마주 보고 서서 손을 씻고, 수건으로 닦은 다음에 절을 했다. 그리고 아주머니들이 올리는 술잔을 받아서 상에 올리고 자리에서 일어났다.

표주박에 따른 술을 남경과 순정이 나누어 마시고, 집례자가 성혼 선언문을 낭독하고 혼례가 끝났다.

순정과 남경의 결혼으로 도자마을에는 잔치 분위기가 물씬 났다.

마을 사람들이 한데 모여 음식도 나누어 먹고 술도 마시고, 흥에 겨운 어르신들은 춤도 추고 노래도 불렀다.

동민은 인생의 한 단계가 지나가는 느낌을 받았다. 친구들은 결혼으로 한 가족이 되었고 자신은 아직 혼자였다.

하지만 앞으로 업무를 전문화해서 독립적으로 갈 길을 모색해야 했다.

출판을 제대로 하고 싶었다. 내가 보고 싶은 책, 생활하는 데 있어 유익한 책, 정말 이 세상에 필요한 책을 내고 싶었다.

책에 접근하기 힘들고 잘 못 읽는 사람들을 위한 책도 기획해보고 싶었다. 그러기 위해서는 자신의 뜻을 펼치기 위해 독립적인 출판 기획 일을 알아봐야 했다.

동민은 회사를 나와 작은 출판 기획 회사를 열었다. 합정동에 사무실도 얻었다. 월세와 관리비도 저렴한 곳이었다. 작은 공간이지만 안쪽으로 방 하나가 따로 있어 저자나 번역가 미팅을 할 수도 있었다. 그렇게 하니 마음이 그렇게 좋을 수가 없었다.

하지만 며칠이 지나 앞으로 어떻게 먹고살아야 하나 걱정도 들었다. 일단 작은 신생 회사에서 만든 해외 도서 리뷰 소식지 메일을 안 열어보는 회사들도 다분했다. 규모 있는 회사의 이름으로 일할 때와는 확연하게 달랐다.

어떤 출판사는 주문 메일과 헷갈린다면서 다시는 보내지 말라고 으름장을 놓는 전화를 해오기도 했다. 동민은 그럴 때 최대한 차분하게 죄송하다고 응대했다.

한 달이 지나자 간신히 월세와 관리비가 나왔다. 밤낮없이 일했지만, 자신이 일한 인건비는 나오지 않았다.

하지만 차근차근 해외 서적을 번역해 소개하게 되면서 점차 일거리도 늘어갔다. 사무 업무를 보는 직원도 뽑았다.

도쿄국제도서전에 방문해 여러 출판사들과 미팅을 가졌다. 일러스트가 예쁜 책들이 전시돼 있는 출판사 부스에 들어가 당일 즉석 미팅을 잡기도 했다.

여러 에이전시와 미팅을 잡기도 했고 큰 규모의 회사인 고단샤와 미팅을 가졌다. 고단샤는 엘리베이터를 타고 올라갈 정도로 대단한 규모의 부스를 선보이고 있었다.

카탈로그와 샘플북 등을 받으니 가방이 터져나갈 것 같았다. 저녁에 호텔방으로 돌아와 캐리어에 책들을 옮겨 담았다.

간단한 요기도 하고 서점도 방문해 신간을 훑어보려고 나갔다.

전철을 타고 신주쿠로 이동해 키노쿠니야 서점으로 향했다. 서점에 들어가니 층별로 분야별 책들이 전시돼 있었다. 1층에는 잡지와 신간들이 중점적으로 배치돼 있었다. 많은 책들을 알아보고 한국에 소개하고 싶은 마음이 생겼다. 신간들을 집중적으로 둘러보고 구입했다.

서점의 구석에서 오르골을 파는 코너를 발견해 한참이고 여러 오르골들을 둘러보았다. 피아노 모양의 오르골에서 한국 노래가 나왔다. 너무 신기해 물어보니, 직원은 한국 관광객들을 위해 개발된 상품이라고 하면서 태엽을 다시 감아 처음부터 노래가 흘러나오게 했다.

〈고향의 봄〉〈눈꽃송이〉〈섬집 아기〉 등의 노래가 나왔다.

동민은 오르골을 기념 선물로 하기 위해 여러 개를 샀다. 엄마, 수민이 그리고 친구들, 운영이 것까지 샀다. 언제 만날지 모르지만 그렇게 하고 싶었다.

호텔로 돌아와 창밖의 도쿄 풍광을 보면서 오르골 태엽을 감았다.

〈고향의 봄〉 노래가 나올 때 오래전 도자마을에서 운영과 함께 숲을 거닐고 리코더를 불고 노래를 부르던 일들이 바로 어제처럼 선연하게 떠올랐다.

그리운 고향이고 지금 삶을 이어가게 하는 터전이었다. 비록 힘들고 서러운 일들도 많았지만 아름다운 풍경과 친구들 그리고 운영을 생각하면 애틋하고 따뜻한 기억들이 더 많기도 했다. 동민은 멀리 보이는 도쿄타워를 보면서 애상에 젖었다.

한국으로 들어와 명함을 주고받았던 회사 담당자들과 이메일로 연락을 하고 이러저러한 책들을 소개하고 싶다고 뜻을 전했다. 의견을 여러 번 이메일로 오고 간 끝에 몇몇 책의 번역 출간을 한국 출판사에 소개하게 되었다.

순정은 결혼 후에도 디자이너로서 경력을 이어가고 있었다. 모두 사회인으로 바쁘게 살고 있었다.

한번은 순정이 연락했다. 회사에서 샘플 세일을 하니 회사 건물 1층 쇼룸으로 놀러 오라는 연락이었다. 동민의 회사에서도 멀지 않은 곳이라 점심시간을 내서 갔다.

도쿄에서 산 오르골도 가지고 갔다.

순정의 회사를 찾는 중에 강아지를 데리고 산책하는 소녀가 눈에 들어왔다. 포메라니안은 종종 들르는 곳인지 빵집 앞에서 컹컹 짖었다.

"오늘은 빵 안 사. 집에 가자구."

소녀는 강아지를 잘 달래서 산책을 이어갔다. 동민은 입가에 미소를 띠었다. 순정의 회사를 찾았다. 1층에 카페 겸 의류 매장 쇼룸이 있었다.

순정이 동민의 메시지를 받고 나왔다.

"어서 들어와. 잘 왔어."

안에는 아기자기한 인테리어에 여성 의류들이 전시돼 있었다.

"수민이 옷이나 어머니 옷도 좀 봐봐. 우리 옷이 품이 넓고 편한게 특징이라 모녀간에도 잘 입어."

동민은 어깨를 으쓱하면서 쇼룸을 둘러보았다.

"제법 디자이너 티가 나는데?"

"그럼 이제는 경력직인데. 나 회사에서 과장이란다. 피팅 모델은 못해. 살이 쪄서. 헤헤. 지퍼가 힘들어하거든."

182

동민은 미소를 지었다.

"동민아, 나도 네가 이제 편해졌나 보다. 이런 이야기도 다 하고."

순정은 고민하는 표정으로 동민을 보다가 입을 열었다.

"후우, 사실 운영이가 말하지 말라고 했는데 오전 중에 여기 다녀갔다."

"어?"

동민의 눈이 커졌다.

"어머니가 수술을 받으실 일이 있어 잠깐 한국에 들어왔다나 봐. 나도 건너 건너 소식 듣고서 매장에 들르라고 말은 했는데 오늘 오전에 잠깐 들러서 옷 몇 벌 사갔어."

동민은 고개를 끄덕였다. 순정에게 연락처를 묻지 않았다. 본인이 연락받고 싶지 않은데 이쪽에서 먼저 할 수는 없었다.

순정은 작은 목소리로 말했다.

"운영이 결혼한 것은 알고 있지?"

동민은 고개를 끄덕였다.

"응."

"그래. 알고 있었구나. 정말로 너 혼자 남았다구. 동민이, 너 대책은 있는 거야? 노후 대책!"

"그래서 열심히 회사에서 일하잖아. 지지난 주에도 도쿄국제도
서전에 다녀왔어. 선물 사 왔다."

동민은 키노쿠니야에서 사온 오르골을 꺼내주었다. 순정은 오르
골 태엽을 감았다. 태엽이 풀리면서 〈고향의 봄〉〈눈꽃송이〉 등 노
래가 흘러나왔다.

"어머, 제법이다. 우리 어릴 적 생각난다. 복숭아 마을 말이야. 음
악 시간에 리코더로 불기도 했던 노래들인데… 네가 지휘하거나
해서 합창도 하구, 다 기억나."

동민은 수민과 엄마 옷으로 권해주는 옷들을 저렴한 가격으로
구매해 매장을 나왔다. 운영이 오전 중에 다녀갔다고 하니 뭔가 기
분이 묘했다.

순차적으로 다녀갔지만 같은 공간 안에 같은 날에 둘은 있었던
것이다. 먼 미국에 있다고 생각하는 것보다 안정되는 마음이었다.

부디 운영이 건강하게 미국에서 잘 살았으면 하는 마음도 있었다.

동민은 쇼룸을 나와서 근처 독립서점으로 발걸음을 옮겼다. 서
점 대표와도 잘 아는 사이이고, 책도 종종 사던 곳이어서 들렀다.
북토크를 자주 열고 독자와의 거리를 좁혀서 단골들이 제법 많고
분위기가 좋은 서점이다.

동민은 서점에 들어가면서 인사를 했다.

"안녕하세요, 대표님."

서점에는 손님이 있었는데 베이지색 재킷을 입고 쇼핑백을 팔에 걸친 여성이었다. 그 여성이 서가에 꽂힌 책을 보기 위해 손을 뻗고 옆으로 몸을 돌린 순간 동민은 그대로 얼어붙었다.

운영이었다.

간절하게 원하면 만날 수 있다는 말은 거짓인 줄 알았다….

하지만 지금 동민의 눈앞에 운영이 서 있는 것이다. 운영은 서가 끝 높은 곳에 있는 책을 꺼내려고 했었다. 아직 운영은 동민을 보지 못했다.

서점 대표는 사다리를 가져오려는데, 동민이 성큼 다가가 운영이 꺼내려던 책을 잡았다.

"감사합니다. 아…."

운영이 동민과 마주치고 놀라서 멈칫했다.

동민은 운영에게 책을 건네고 이름을 간신히 말했다.

"운영아…."

잠시 침묵이 있었다. 그들은 서점 옆 한적한 카페로 자리를 옮겼다. 플라워 숍과 카페를 겸하는 곳으로 스타티세, 수국, 달리아, 장미, 리시안셔스 등 꽃들이 들어차 있었다.

동민은 캐모마일티 두 잔을 테이블에 놓았다.

"방금 전 순정이 보러 다녀왔는데."

운영이 작게 미소를 지었다.

"그랬구나. 나도 한국 들어와 순정이 보고 근처에서 달라진 서울
도 보고 나서 서점에 들러서 책도 사려고 하던 참이야."

"그랬구나. 나도 서점 둘러보려고 왔던 길이야."

"순정이한테 들었어. 출판 기획 일 한다면서. 존경해. 나도 간호
사 일 하면서 틈틈이 글 쓰고 있는데 쉽지 않아."

"그랬구나. 미국 생활은 어때?"

운영은 잠시 침묵했다.

"괜찮아. 행복해."

"간호사로 근무하는 거야?"

"응, 미국 간호사 면허증 따려고 열심히 영어 공부도 하고 그랬
어. 지금은 재활병원에서 일하다가 요양병원으로 자리를 옮겼어."

"좋은 일 하는구나."

운영은 가볍게 미소를 지었다.

동민이 나긋하게 말했다.

"걱정 많이 했었어. 미국에서 적응 잘 할까 싶어서. 그런데 기우였구나."

동민은 차마 결혼이나 다른 걸 물어볼 수는 없었다. 동민은 간식으로 나온 작은 약과를 권하려다 운영의 손가락과 슬쩍 손이 닿았다.

운영이 흠칫 놀라며 손을 거두었다.

'내가 운영에게 어떤 상처로 남아 있는 걸까?'

동민은 미안한 마음이 들었다.

"미, 미안해… 운영아. 그리고 참 고맙다."

운영의 마음속에서 무언가 탁, 하고 풀어져 내렸다.

동민은 말을 이었다.

"어릴 적 도자마을 외갓집에서 설움 받던 힘든 시기에 너가 큰 도움을 주었어. 지금 생각해보니 언제고 감사한 마음을 말해야겠다 싶어서… 나는 한편으로 너에게 상처를 주었고."

운영이 침묵했다가 입을 서서히 열었다.

"나도 많이 힘들 때 과거 일들이 떠올라."

운영의 눈에서 눈물이 흘러나왔다.

"동민아, 나도 아빠 그렇게 가고 나서 힘들었던 때, 너 아니었으면 정말 어떻게 보냈을지 상상도 안 돼…."

동민은 운영이 눈물을 흘리자 조금 당황했다. 하지만 둘 사이에 있었던 일은 잊히지 않는 아픔이었다. 운영의 감정의 둑이 툭 하고 무너져 감정이 터져나왔다.

"내가 얼마나 나쁜 사람인지 알아? 대학교 때도 엄마는 아프셔서 종종 병원에 입원하셨어, 정신질환을 치료하느라. 그런데 나는 그런 엄마와 집에 단둘이 남겨지는 게 싫었어. 언니는 직장 다니느라 정신이 없고. 그래서 대학교 근처에 자취방을 얻었어. 지금도 미국에 가서 사는 데는 그런 힘든 일을 피하고 싶다는 마음이 있어서란 말이야!"

동민은 격앙된 운영을 달래고자 수긍의 뜻을 표하면서 나직하게 말했다.

"진정해. 어머니가 아프신 것도 운영이 너 때문이 아니야. 그리고 너는 너의 길을 가려고 떠난 것이야. 그렇게 죄책감을 가지지 마."

운영은 동민이 건네는 손수건으로 눈물을 닦았다. 그리고 차분한 어조로 말했다.

"동민아, 그렇게 나는 내 마음이 다치기 싫어서 너를 떠난 거야. 너와 만나게 되면 집안의 반대, 동네 사람들의 수군거림에 내 마음을 다치게 하고 싶지 않아서, 그래서 떠난 거야."

동민의 마음은 스산했다.

"미, 미안해."

운영은 말을 이었다.

"이런 말 하고 싶지 않았는데… 그만 일어날게. 일정이 있어."

동민은 운영과 같이 일어났다. 카페 안의 꽃들은 저렇게 싱그럽고 우아한데, 두 사람 마음에는 지금 아물지 못한 상처만 가득하다. 무척 쓸쓸했다.

운영이 카페를 나와 저만치 택시 정류장을 향해 걸어가고 있었다. 멈춰 서서 운영의 뒷모습만 바라보던 동민 마음속에 갑자기 뭔가 크게 물결이 쳤다. 밀려드는 강한 파도처럼 동민을 달리게 했다. 동민은 운영에게 달려갔다.

운영이 택시를 타기 전에 간신히 잡았다.

"운영아! 넌 나에게 비교 대상이 없어. 너 자체가 나에게 온전한 사람이야. 나에게 과거를 떠올리면 미소 짓게 만드는 그 힘이 있어. 그 회상으로 나는 지금 존재하고 살아갈 힘을 얻는 거야. 너는 내게… 그런 존재야. 아파하지 마…."

운영은 떨리는 시선으로 동민을 보았다. 택시가 기다리고 있었다. 운영은 작게 고개를 숙이고 동민의 손을 스치듯이 잡았다 놓으면서 택시에 올랐다.

그렇게 동민은 운영과 헤어졌다. 좋고도 안 좋은 일이라 생각했다. 우연히 만난 것은 그토록 간절히 보고 싶었던 사람을 만난 것이니 참으로 행운이다. 하지만 이렇게 헤어지게 된 것은 불운이다.

동민은 새삼 운명이 가혹하다고 느꼈다. 도시의 색깔이 온통 회색으로 보였다. 길에 떨어져 있는 낙엽들도 회색으로 보였다. 동민은 그날 밤 오랜만에 혼자 술잔을 기울였다.

인생의 청춘이 지나가고 이제는 30대의 후반으로 가고 있었다. 인생의 가을이 오고 있는 것이다.

그리고 가을의 끝에는 겨울이 온다.

동민은 스스로 돌아보았다.

쌓은 경력, 출판사, 일 그리고 친구들 그리고….

부르고 싶지만, 불러서 멀리 날아가 버릴까 두려운 이름.

운영….

동민은 베란다로 나가서 어둠 속 저 멀리 집마다 내뿜는 불빛을 보았다.

희미하기도 하고, 찬란하기도 하고, 환하고 밝기도 하고, 어둠이

기도 한 여러 가지 불빛들은 모두 제각각이었지만 하나의 오롯한 형상을 갖추고 있었다.

아무리 작은 인생이라도 인생이고 아무리 괴로운 인생이더라도 인생이었다.

결국 받아들이는 자의 몫일 뿐.

동민은 받아들이기로 했다. 이루지 못한 사랑은 받아들이는 사람이 얼마만큼 잘 받아내는지에 따라 그 아픔의 정도가 달라진다.

동민은 그렇게 가을로 향해가는 자신의 인생을 돌아보는 시간을 두었다.

겨울, 아주 추운 날에 수민이 아기를 낳았다. 엄마는 동민과 함께 산부인과에 가자고 했다. 동민은 회사에 잠깐 들렀다가 오후에 병원으로 향했다.

수민을 보고 나서 신생아실로 가서 산모 이름을 대고 간호사가 안아서 보여주는 조카의 얼굴을 보았다. 남자아이였는데 무척 작고 빨간 얼굴에 눈을 감고 있었다.

동민은 가슴이 후드득후드득 뛰는 걸 느꼈다.

새롭고 진기한 경험을 했다. 나와 같은 피를 지닌 한 생명이 태어난 것이다. 조카는 눈을 살포시 떴다. 동민은 유리창으로 얼굴을 가까이 가져가 조카를 살폈다. 엄마는 눈물을 흘렸다.

"아이구야, 내가 손자를 다 보는구나. 고생했다, 수민아."

동민은 조카의 탄생으로 인생을 새롭게 보았다. 그래도 살 만한 인생이고, 바라는 것을 가질 수 없는 삶이어도 충분히 살아갈 가치는 있었다.

따사로운 햇살 같은 일상들,

'눈의 꽃'

◆

　동민의 회사에 신입 직원이 들어왔다. 출판학교를 갓 졸업해서 아직 직급이 없어 서은 씨라고 부르기로 했다. 동민은 출판기획 일과 출판 일을 겸업하게 되면서 신입을 뽑은 것이다.

　회사의 사무 일과 간단한 교정 교열 업무, 바이어들에게 메일을 보내 업무를 파악하고 팸플릿을 보내는 일을 맡겼다. 동민과는 나이 차이가 열 살 넘게 났다.

　어느 날 서은이 동민에게 회사 복지 차원에서 회식을 제안했다.

　"사장님, 삼겹살은 싫고 문화 회식을 했으면 합니다."

　"문화 회식이요?"

"네. 가을이잖아요. 콘서트를 보고 싶어요. 오 과장님은 어떠세요?"

오 과장도 흔쾌히 동의해서 동민은 경비로 콘서트 표를 예매하라고 일러두었다.

일주일 후, 올림픽공원에서 열린 콘서트에 오 과장은 나오지 않고 서은만 나와 있었다,

"어? 오 과장 안 나온 거예요?"

"네. 저한테 연락 와서 사장님께 죄송하다고 말씀드리랬어요."

"그런가요?"

발라드 가수의 콘서트는 차분하게 진행되었다. 가을날에 잘 어울리는 음색이었다. 콘서트가 끝나고 전철역으로 가기 위해 공원 산책로를 걸었다. 길가에 낙엽과 솔방울이 쌓여 있었다.

"우와, 이거 주워서 수반 속에 넣으면 가습기 역할을 한대요."

서은은 솔방울을 주우면서 도와달라고 했다. 동민은 쇼핑백을 얻어와서 솔방울을 담았다.

전철을 타서 같은 방향으로 가다 중간에 갈아타는 데서 헤어지기로 했다.

서은은 이어폰 하나를 동민의 귀에 꽂으라고 권했다.

〈눈의 꽃〉 노래가 흘러나왔다. 서은은 작은 목소리로 낮게 말했다.

"친한 친구가 안타깝게 갔거든요. 그런데 장례식에서 집으로 돌아오는 길에 버스에서 이 노래를 들었어요. 그때 친구와 갔던 좋은 곳들이 생각이 났죠. 지금은 종종 가을날에 듣는 노래예요."

서은은 그 콘서트 이후 동민에게 도시락을 싸다 주고 친절하게 굴었다. 가끔은 어리광도 부리고 커피를 사달라고 조르기도 했다. 뭔가 태도의 변화가 있었지만, 사무실 직원이고 나이 차도 많이 나서 동민은 그런가 싶었다. 주워온 솔방울은 수반에 물을 담아 그 안에 넣어두었다. 솔잎도 있어 소나무 향이 제법 났다.

어느 날인가 서은은 동민에게 서점에서 시장조사를 하고 싶은데 같이 가자고 했다. 동민은 흔쾌히 시간을 내서 서은과 서점을 갔다. 대형서점과 독립서점을 두루 훑다가 청계천에서 잠시 쉬었다. 노인 부부가 다정하게 산책을 하는 걸 보면서 서은이 배시시 웃었다.

"사장님, 제 이상형은요. 다정한 사람이어요. 나이 들어서도 부인과 함께 산책을 즐기는 저 할아버지 같은 사람이 이상형이랍니다."

서은은 그 말을 하고 동민을 빤히 올려다보았다. 서은이 작은 편이라 키 차이가 제법 있었다.

"저… 사장님 좋아하면 안 되나요?"

동민은 깜짝 놀랐다. 그간 연애 경험이 적은 편이라 그런지 서은
이 자신을 좋아하는 것도 몰랐다.

"네에?"

서은은 동민을 똑바로 보았다.

"사장님은 저 어떻게 생각하세요?"

"그거야 직원이죠. 일을 열심히 배우려고 하는 직원이요."

"사장님, 그런 거 말고 사적으로요."

"그런 생각은 해본 적 없는데…."

"하하, 불편하시면 그냥 그렇게 지금처럼 사무실에서 지내는 게
좋죠. 하하하."

서은이 어색하게 웃었다.

동민은 반응이 없었다. 다음 날부터 서은에게 약간의 거리를 두
었다. 불편한 감정이 되면 안 될 것 같아서였다.

서은은 그날 이후 동민에게 변함없이 대했지만 친근하게 어리광
을 부리지는 않았다.

서은은 1년을 더 근무하다가 문학을 전문으로 내는 출판사 에

디터로 자리를 옮긴다고 말했다. 제법 큰 데로 가서 동민은 마음이 놓였다.

나가는 날 동민은 서은과 좋은 레스토랑에서 식사했다.

"우리 회사에 더 있었으면 좋았을 텐데요."

"사장님, 아직 안 늦었어요. 붙잡으면 남을게요."

동민은 놀랐지만, 짐짓 농담인 줄 알고 받아쳤다.

"그럼 남을래요?"

서은은 고개를 저으며 배시시 웃었다.

그날 동민은 서은이 짐을 가져가는 걸 돕기 위해 근처 전철역까지 가방을 들어다 주었다. 동민은 돌아서서 걸어가는데 뒤에서 큰 소리가 났다.

"사장님! 사장님!"

"네?"

"사장님, 좋은 사람이니까 꼭 연애하고 그래요. 저는 이만 갑니다."

동민은 어이가 없어서 웃음이 나왔다. 근처 길 가던 사람들이 동민을 쳐다보았다. 동민은 전철로 들어가는 서은에게 손을 흔들었다. 서은도 한 손을 들어 인사를 했다. 그 후로 새 직원이 들어오고,

동민은 서은이 잘 지내겠거니 생각하기도 했다.

그러던 어느 날 서은의 청첩장이 날아왔다.

손편지와 함께 결혼식을 알렸다.

사장님에게

회사를 나왔지만 어떻게든 편지를 한 번은 드리고 싶었어요.

결혼식을 알리는 기회가 생겼네요?

사실은 회사 다닐 때 사장님에게 마음이 있었어요.

존경하다가 점점 회사 밖에서도 사장님 닮은 사람을 자주 보고

친구들에게도 사장님 얘기를 많이 하고 그랬죠.

그래서 고백했다가 목석같은 사장님한테 충격도 받았더랬죠.

죄송하고 또 고맙습니다.

사장님한테 차근차근 배운 지식으로

지금 회사에서 열혈로 근무 잘 하고 있어요.

제 고백을 안 받아주셔서 그때는 무지하게 서운했지만,

지금은 고맙다는 생각도 들어요.

덕분에 지금 회사에서 남편 될 사람을 만나게 됐고

결혼도 약속하게 됐어요.

사장님은 나의 키다리 아저씨 같은 분이셨어요.

늘 건강하고 행복하게 사시기를 바라고,

이제는 사랑에 빠져서 저에게 청첩장을 주시는 날도 제발 오기를 바랍니다.

너무 멋지고 우수에 빠진 눈빛이 지금도 보이는 듯 선하지만

좀 밝게 연애도 하시기를 간절히 바랍니다.

서은 드림

동민은 결혼식에 가지 않고 축의금만 보냈다.

신입 직원 한 명을 잘 가르쳐서 출판인으로 거듭나게 한 것 같아 괜히 뿌듯했다.

밤에 세수하고 거울을 물끄러미 보았다.

우수에 빠진 눈빛이라는 게 정말 있는지 살펴보기 위해서 찬찬히 보았지만 잘 모르겠다는 생각이 들었다.

이제는 나이 들어가면서 연민에 젖은 감정이 들켰나 싶었다.

동민은 열정과 희망을 담은 눈빛을 만들어보려고 거울을 노려보았다가 풋 웃고는 잠자리에 들었다.

사무실에서 분위기 메이커였고 엉뚱하기도 하고 종잡을 수 없는

행동을 하던 직원이었지만 이렇게 좋은 소식을 전해와 고마웠다.

차가운 물류창고 같은 마음,

'잊었니'

🜕

동민은 기획보다는 자체 기획 제작 출판에 힘을 써서 여러 종의 책들을 만들었다.

한국인이 애송하는 시들을 엮은 책들도 만들고 문학 작가들을 만나 소설을 내기도 했다. 그리고 한편으로 청소년 소설과 인문서도 내보았다. 좋은 반응을 얻고 독자들의 관심을 받은 책들도 나왔다.

하지만 출판 경기가 예전 같지 않았다. 휴대전화나 TV 드라마로 관심이 몰린 것도 있었다.

임대료를 꽤 지불하던 물류창고에서 좀 더 저렴한 곳으로 책을 이동시키려 한참 작업 중이었다.

여름에는 무척 덥고, 겨울에는 영하 20도까지 내려가는 물류창고였지만, 그래도 오늘은 선선한 날이라 작업이 수월한 편이었다.

먼저 재고를 파악하기 위해 반품되어 들어온 상자를 확인했다. 가지고 간 노트북에 반품 명세서를 입력하고 수량을 파악했다. 그리고 다시 박스 처리 작업을 하고 나서 다른 책들과 함께 정리하는 중이었다.

직원에게서 전화가 걸려왔다. 사무실에서 각종 사무를 보는 김 과장이었다.

"대표님, 큰일 났습니다. 뉴스 보셨나요? ○○도매상이 어음 결제를 못 한답니다."

"네?"

"지금 SNS도 이것 때문에 난리가 났습니다."

동민이 납품한 책들 값을 어음으로 받았기 때문에 문제가 컸다. 동민은 즉시 받은 어음을 확인해보았다. 천만 원은 안 되는 돈이었지만 어려운 시기에 타격이 컸다.

대형 서점은 공급가를 낮추고 어음을 없애서 거래 방식을 개선했지만, 도매상들은 아직도 어음을 고수하고 있었다.

동민은 구체적인 피해액을 확인하고, 대책을 세우기 위해 얼른 사무실로 돌아왔다.

직원들과 회의를 시작했다.

"대표님, 앞으로 어음 대신에 공급률을 낮추더라도 현금을 받는 방식으로 거래해야 할 것 같습니다."

김 과장의 말에 이어 신입으로 들어온 에디터도 아이디어를 냈다.

"그리고 요즘 직접 독자들이 펀딩한 책이 대박을 치는 경우도 있거든요. 심리학 책 하나가 큰 히트를 쳤어요. 그런 새로운 스타일의 책도 내봐야 할 것 같아요."

동민은 고개를 끄덕였다. 앞으로는 새로운 시기가 온다. 아니, 이미 와 있다. 그에 발맞추기 위해서라도 새로운 접근으로 획기적인 스타일의 책을 만들어 팔아야 할 것이다. 그에 맞춰 거래방식도 바뀌는 게 맞다.

동민이 입을 열었다.

"좋은 아이디어 고맙습니다. 일단 부도 어음을 최대한 어떻게 처리할 것인지 출판인들 대책회의에 다녀올게요. 그리고 새로운 아이디어와 거래방식을 개척하는 것에 대해 다음 회의 시간까지 각자 대안을 생각해보도록 합시다."

동민은 재킷을 걸쳐 입고 회사를 나왔다. 승합차에 올라서 대책 회의가 열리는 사무실로 향했다.

출판 경기가 안 좋다고는 하지만, 그래도 책이 나올 때마다 참 좋은 책이라고 말씀 주시면서 읽는 독자 분들이 계신다. 그리고 작가들도 자신의 생각과 이야기가 널리 퍼지니 고맙다고 말씀을 주신다.

그리고 책이 나와야 인쇄소와 거래 영업처들도 활발히 돌아간다. 출판인들은 입을 모아 단군 이래로 최대의 불경기라고 하지만, 다른 분야도 마찬가지이다. 어떻게든 양질의 책들을 만들어 판매 활로를 개척해야 했다.

그날 동민은 일을 보고 나서 저녁에 엄마의 집에 들렀다. 작은 아파트에서 생활하는 엄마는 일주일에 한 번 반찬을 만들어 동민을 불렀다. 동민도 출판사에서 나온 책들을 가져가 드리고는 했다.

"동민아, 멸치 볶음, 열무김치, 나물이다. 가서 꼭 밥해서 먹어. 그리고 수민이 아이 사진 좀 볼래? 내후년에 초등학교 간다는데 얼마나 이쁜지 몰라. 내가 어릴 적에 봐준 걸 기억이라도 하려나?"

동민은 엄마의 휴대전화로 사진을 보았다. 유치원 체육복을 입은 조카는 어릴 적 수민이랑 빼닮았다.

"너는 언제 결혼하려고 하니. 이제 회사에만 너무 얽매이지 말고 결혼할 사람도 좀 알아보려무나. 내가 교회 권사님한테 얘기 들은 게 있는데 선 자리에 나올래?"

동민은 화제를 돌렸다.

"이 책 지난주에 인쇄소에서 찍은 책이에요. 가볍게 봉제해서 DIY로 옷을 제작할 수 있는 방법을 알려주는 책인데 재미있게 보실 수 있을 겁니다."

"내가 과거에 얼마나 많은 이불하고 커튼을 만들었는데, 그래서 지금도 어깨가 뻐근하지."

엄마는 건넌방 구석에 놓인 재봉틀을 아직도 사용했다. 가끔은 동민의 티셔츠를 만들어 주기도 하고 조카의 바지를 만들어 주기도 했다. 과거에 봉제를 무리하게 해서 어깨 수술까지 받았다. 그 후유증으로 지금도 뻐근하다고 했다. 동민은 엄마의 어깨를 주물러주었다.

"어떠세요?"

"아구 시원하다. 이제 괜찮다."

"너무 집에만 계시지 말고, 밖에 나가 산책도 하고 운동도 해보세요. 요가나 필라테스 같은 수업은 어떠세요."

"헤헤, 괜찮다니까. 교회 나가는데 왜 집에 있어. 요가도 구청에서 등록하는 거 있기에 알아본다. 나 같은 나이 든 사람도 다닌다니까 괜찮겠지."

그 무섭던 외할머니도 나이가 점점 드시니 부드럽고 나약한 모습을 보이셨다. 엄마도 똑같았다. 육십을 훌쩍 넘기니 점점 나약해졌다. 스물여덟 나이에 남편을 잃고 어린 남매 둘을 데리고 봉제 공장을 다니면서 돈을 벌던 엄마였다. 강인함과 억척스러움에도 품위를 잃지 않고 바르게 살아오셨다.

시골에 동민과 수민을 떼놓고 얼마나 마음 한구석이 아리고 슬프셨을까? 동네에서 손가락질당하면서도 꿋꿋하게 견디고 밤마다 기도 올리면서 가정의 평안을 바란 분이다.

지금은 많이 힘이 빠졌지만 그래도 동민과 수민에게는 가정의 기둥이고, 근간이 되는 어른이다.

동민은 잠깐 베란다로 나가 밤하늘을 올려다보았다. 교회 십자가, 집마다 나오는 불빛들이 휜했다.

아직 세상은 살 만하다. 이렇게 무탈하게만 지나가기를 바랐다. 그리고 운영이는 저 어느 하늘 끝에서 어떻게든 건강하게 잘 지내기만을 바랐다.

몇 개월 후 동민은 수민에게서 갑자기 전화를 받았다. 회사에서 일할 때에는 전화를 잘 하지 않는데 불길한 예감이 들었다.

"오빠, 엄마 병원에 모시고 다녀왔는데, 입원하시고 수술받으실 것 같아."

"어? 뭐라고?"

"엄마 암 진단받으셨어. 갑상선암이래."

동민은 깜짝 놀랐다. 암이 가족에게 생길 거라는 생각을 한 번도 해본 적이 없었다. 하지만 그만큼 엄마는 나이가 드셨고, 그동안 건강하게 살아오셨다는 생각도 동시에 들었다.

수민이 수술 일정과 치료 방향을 이야기해주었다. 그날 동민은 엄마의 집으로 가서 건강하게 살아만 계셔달라고 간곡하게 말했다.

엄마의 수술은 잘 진행되었고, 수술장에는 동민이 들어가고 수술 후 입원 기간 동안 간병은 수민이 했다.

수민이 간병하는 동안 동민은 조카의 유치원 하원을 도와주었다. 일곱 살이 된 조카는 동민을 "외삼촌, 외삼촌." 하고 부르면서 잘 따랐다. 동민은 조카의 손을 잡고 데려다줄 때마다 언제 이만큼 컸는가 싶어서 감격스럽기도 했다.

다행히 수술이 잘 되어서 5일 만에 퇴원했고, 후에는 항암 대신에 방사선 치료를 하기로 했다.

동민은 회사 업무를 김 과장에게 지시하고, 매일매일 엄마를 모시고 병원 치료를 다녔다.

하루는 방사선 치료를 받기 전에 시간이 남자 엄마가 제안했다.

"동민아, 병원 마당에 벚꽃이 피었던데 구경하자."

동민은 말없이 앞장섰다. 병원 앞마당에는 벚꽃길이 펼쳐져 있었다. 대학교가 옆에 붙어 있어 학생들이 삼삼오오 사진을 찍기에 바빴다. 그리고 환자와 보호자들이 구경하면서 길을 걷고 있었다. 동민은 엄마의 손을 잡고 꽃길을 걸었다.

시원한 바람에 꽃잎들이 날리면서 머리 위로 떨어졌다.

"동민아, 엄마는 이제 살 만큼 살았다. 복숭아 마을에서 가족들과 행복하게 살다 결혼도 해보았고 너의 아빠도 잘 보내드렸고, 너하고 수민이도 낳아서 잘 길러 수민이는 손주도 낳았으니. 난 정말 행복하고 여한 없게 잘 살았다. 동민이 네가 걱정은 되는데⋯ 만일 내가 가면 너 혼자 남을 것 같아서 말이다⋯."

동민은 엄마와 마주 보고 눈을 맞추고 차분한 목소리로 말했다.

"저는 괜찮아요. 지금은 회사 일로 바쁘고, 무척 행복합니다."

"내가 만약 그때 운영이와 사귀는 걸 허락했다면 이렇지는 않을 텐데 하고 후회한단다. 미안하다, 동민아."

동민은 엄마가 많이 나약해졌다는 걸 느꼈다. 평생 강인하게 사신 분이다. 바깥 일을 해서 생계를 꾸려가면서 남편 없이 두 남매를 대학까지 보냈다. 동민은 산책하면서 엄마의 손을 꽉 잡았다.

가슴이 뭉클했다. 따뜻한 봄날, 눈처럼 흩날리는 벚꽃잎을 보면서 사그라지는 인생이 무엇인지 조금은 느낄 수 있었다.

엄마는 방사선 치료가 끝나고 몸을 추스르기 위해 암 전문 요양병원에서 두 달을 요양했다. 그리고 건강을 조금씩 회복해갔다.

가을날의 프랑크푸르트 도서전,

'슈만의 피아노 소나타 1번'

동민은 취미로 직장인 동아리를 만들어 밴드 활동을 했다. 동민은 기타를 맡았고 동아리원들이 노래와 드럼, 베이스 기타와 키보드를 맡았다.

몇 개월간의 열정적인 연습 끝에 직장인 가요제에 나가게 되었다. 동민은 순정과 남경을 불렀고 그들은 아이들과 함께 와서 가요제를 끝까지 봤다.

가요제에서 동민이 속한 그룹은 동상을 수상했다.

동민의 가요제 수상을 축하하기 위해 순정이 연 아시아 음식점에서 다 같이 만났다.

블루 팟타이라고 이름 붙인 식당은 바다색 타일로 포인트를 줘서 상쾌한 분위기를 주었다. 벽에 걸린 거울에는 열대 과일과 꽃 모형이 붙어 있어 동남아시아 분위기를 느낄 수 있었다.

이제 제법 통통해진 순정은 핸드폰으로 아이들과 여행 갔던 사진을 보여주면서 공부를 잘한다고 자랑을 했다. 그간 순정은 회사를 정리하고 나와 남경이 근무했던 해외 현장에 같이 나가서 살기도 했었다.

"애들 데리고 한국 와서 적응할 수 있을까 걱정했는데 잘 적응하더라구. 덕분에 나는 여기 식당에 전념할 수 있었구."

동민이 해맑게 웃으면서 물었다.

"그런데 메뉴에 나시고랭, 미고랭과 베트남 쌀국수도 있던데? 그건 인도네시아하고 베트남 음식 아니야? 식당 이름은 태국 음식이잖아."

남경이 팟타이와 미고랭을 담은 접시를 내오면서 답했다.

"내가 태국, 베트남, 인도네시아 현장에서 공사하면서 순정이가 아이들 데리고 따라오느라 고생 많았지."

"맞아. 남경이 일 나가면 나는 애들 유치원이나 학교 보내고 현지인 엄마들하고 요리를 배우면서 수다 떨고 그랬거든. 그 덕분에

각 나라의 음식을 만드는 법을 익혔고. 그런데 지금은 왜 식당을 열었나 싶어. 남편이 회사 관두게 되었을 때 괜히 같이 식당 열자고 해놓았는데 지금 코로나바이러스 유행 지나고 나서 장사가 하나도 안 돼."

동민도 고개를 끄덕였다. 출판업도 코로나바이러스가 유행하고 나서 그다지 잘 되지 않는 것 같았다. 집에 갇혀 지내면서 책을 읽지 않을까 하는 기대감도 있었지만, 책이라는 매체가 예전만큼 잘 팔리지 않았다. 매년 불경기를 체감할 수 있었다.

순정이 음식을 먹는 동민에게 출력한 용지를 보여주었다.

"동민아, 너 그레이스 강이라는 소설가 알아?"

"어?"

동민은 그레이스 강의 『Memories of Peach Village』 소설 안내글을 읽어 보았다.

"복숭아 마을의 추억?"

동민은 뇌리에 강렬하게 책 표지가 꽂혔다. 어디선가 본 듯한 복숭아꽃들이었다. 분홍색 복숭아꽃들이 찬란하게 피어있었다.

"이 작가 한국 이름이 강운영이야. 우리가 아는 운영이."

동민이 놀랐다.

"강운영이라고? 난 처음 듣는 소리야."

"그래도 너는 출판사 대표라 알 줄 알았는데."

"최근에는 국내 소설만 출간 기획을 했거든."

"동민아, 나도 우연하지 않게 누군가 말해줘서 알았어. 나 건너 아는 학부모가 있는데 미국에서 살다가 왔어. 이웃에 사는 간호사가 작가라고 했거든. 그런데 처음에는 간호사 일을 하는 걸 소설로 냈다가 최근에는 이런 신간을 냈대. 나도 깜짝 놀랐어. 그 작가 한국 이름이 강운영이라는 이야기에."

동민은 그날 음식을 어떻게 먹는지 모를 정도로 놀랐다. 집에 돌아와서 해외 책을 소개하는 사이트에 그레이스 강 작가를 검색했다. 한국어로 번역된 제목으로 『신입 간호사 다이어리』 『미국 이민자의 탁상시계』라는 소설 외에도 몇 개의 소설이 더 있었다. 작가의 사진을 검색해보니 운영이가 맞았다.

동민은 아마존에서 책들을 주문했다.

책들의 내용은 결이 같은 스토리를 담고 있었다. 미국 이민을 택한 주인공 여자는 대학 선배와 미래를 약속하고 미국에서 간호사의 길을 걷는다. 선배와 결혼하게 되고 행복한 날들이 이어지는 것 같지만, 불행이 찾아온다. 미국에서 회사 다니던 남편은 유학원 사기를 쳐서 도망자 신세가 된다. 그는 돈을 숨겨서 주인공 여자에게 도망을 치자고 하지만 여자는 거절한다.

주인공은 뉴저지의 요양병원에서 근무하면서 덩치가 큰 환자들을 돌보느라 기진맥진하게 된다. 하지만 고된 노동 속에서도 과거 복숭아 마을에서 살던 때의 추억을 회상한다. 그 추억으로 아름다운 희망을 품는다.

그리고 과거 추억 속에는 친구들이 있고 그중에 한 소년과 우정을 나누고 이루어지지 못하는 사랑을 하게 된다.

동민은 책을 덮고 자신의 삶을 돌아보았다.

엄마는 홀로 사시고, 수민은 결혼했고 동민은 분가해서 회사 근처 작은 아파트에서 자취를 시작한 지 꽤 되었다.

이제는 출간 기획에서 국내 작가의 책을 출판하는 회사로 거듭났다. 회사에서 직원들과 바쁘게 기획 회의, 출간 회의, 편집 실무 등을 하고 퇴근하면 홀로 아파트 베란다로 나가 밤하늘 아래 거리의 풍경을 보는 게 소소한 즐거움이었다.

처음 출판 전문회사를 열려고 마음을 먹었을 때이던가.

신입으로 출근했던 출판 기획 회사의 선배, 이 과장에게 전화를 해보았다. 그와 오랜만에 만나 개업 축하를 받고 그의 소식을 듣고 싶었다.

"과장님! 안녕하세요, 서동민입니다. 기억하시죠? 왜 저 많이 가르쳐주셨잖아요."

"아, 서동민 대리, 기억나. 일 잘하고 예의 바르고 똑똑한 서 대리."

동민은 자신이 작은 회사를 열었다면서 혹시 개업식날 와줄 수 있냐고 물었다.

그런데 이 과장은 암투병 중으로 병원에 있다고 했다. 회사는 쉬고 있다는 말을 덧붙였다.

동민은 문병을 가서 이 과장과 긴 이야기를 나누고 돌아왔다.

동민이 회사를 열기 직전에 그는 눈을 감았다. 동민은 상갓집에 다녀오고 나서 깊은 상념에 빠졌다.

주변에 가는 사람도 생기고 자신의 청춘의 찬란한 페이지들이 넘어가고 있었다. 그리고 더불어 사랑하는 사람과 이어지지 못하는 아픔의 페이지도 넘어가고 있었다.

동민은 이 과장의 죽음으로 주변을 둘러보는 계기를 가졌다.

친구들은 거의 결혼해 아이들과의 일상으로 바빴다. 동민은 몇 번 연애 경험이 있었지만, 다 가볍게 끝났다. 아직도 싱글이었다.

남자는 첫사랑을 잊지 못한다는 말이 있다. 하지만 동민은 그렇지 않을 거라 스스로 생각하고는 했지만 여전히 운영의 모습에 설레는 감정이 있었다.

아직도 그 차분한 분위기, 어딘가 여운이 남는 말투와 목소리가 기억이 난다.

그리고 도자마을에서 둘이 거닐던 숲, 가로등도 얼마 없는 논밭 길을 지나 운영을 데려다줄 때의 일, 그리고 손 붙잡고 무덤가를 빠르게 지나치던 일, 운영을 자전거 뒤에 태우고 천천히 달리던 일, 그 모든 과거 기억들이 생생했다.

어쩌면 가족과 함께했던 때보다 더 안정감 있고 잔잔하고 가슴 가득 충만하던 그런 시절이었다. 비록 운영이 미국으로 떠나면서 헤어졌지만, 그래도 그 시절의 행복과 집안의 반대로 인한 아릿한 아픔, 아름다운 풍광 속에 시선이 마주치던 손끝이 닿을락 말락 하던 그 경험들로 인해 지금도 버틸 수 있는 것이다.

최근 들어 동민은 시니어들을 위한 안내서 책을 기획하고 있었다. 일본에서도 가장 잘 팔리는 잡지 중에 하나가 시니어 독자들을 위한 안내가 담긴 잡지였다. 한국도 근미래에 60대가 가장 많아진다고 하니, 시니어들을 위한 책을 기획하는 것은 의미가 있었다.

동민도 이제 40대 후반에 접어들면서 점차 가을이면 허무함이 느껴졌고 과거 기억들이 새록새록 떠올랐다.

가을 탄다고 하는 것인가. 최근에도 바쁜 일상에서 가슴 한구석이 시리고 쓸쓸함을 느낀 적이 있었는데 운영의 소식을 오랜만에 접하니 아련한 기억이 떠올랐다.

운영에게 연락할 길은 얼마든지 있었다. 해외 문학을 소개하는 에이전시에 연락해 작가 이메일을 물어보면 에이전시가 그레이스 강 작가에게 연락해서 이러이러한 출판업자가 연락하고 싶어한다고 전할 수 있다. 어쩌면 운영이가 연락처를 알려줄지 모른다.

하지만 동민은 그렇게 해서 연락을 하는 것은 아니라고 생각했다.

그해 가을, 동민은 독일 프랑크푸르트도서전에 참가했다. 예전에는 대륙별로 부스가 나뉘어 있고 부스 사이를 셔틀을 타고 이동했는데 지금은 그보다는 축소된 분위기였다. 동민은 순문학과 장르 소설 그리고 경제학서와 인문서를 들고 참가했다. 독일의 출판 담당자와 에이전시와 미팅을 하고, 미리 만나기로 약속한 담당자들을 순차적으로 만났다. 그날 저녁에는 각국의 에디터와 번역자, 작가들 혹은 출판 담당자와 에이전트들이 만나는 캐주얼 파티가 예정되어 있었다. 카페 하나를 빌려서 자유롭게 만나는데, 드레스

코드도 없는 캐주얼한 파티였다. 하지만 그곳에서 출간이나 번역 계약이 즉석에서 이루어지기도 한다. 동민도 참석할 예정이었다.

오후에 샘플로 얻은 책들과 카탈로그 등을 우편으로 한국 사무실에 부쳤다.

저녁에 터틀넥 니트에 헤링본 재킷을 걸치고 캐주얼 파티가 열리는 카페로 갔다. 여러 나라의 관련자들이 있었다. 동민도 영어로 소통하고 명함을 돌리면서 출판사 카탈로그를 돌리기도 했다. 피나콜라다 한 잔을 마셨는데, 약간 취기가 돌았다. 제법 도수가 높았다.

동민은 캐주얼 파티에서 나와 근처 대형서점으로 자리를 옮겼다. 한국의 교보문고처럼 큰 서점이 카페 근처 자일 거리에 있었다. 후겐두벨 서점으로 수만 권의 책들이 색색별로 천장까지 닿는 높다란 서가에 꽂혀 있었다. 한국 소설 서가가 따로 있을 정도로 한국 문학에 관한 관심이 높았다.

해외 문학상을 수상한 한국 작가가 최근에 여럿 나와서 더욱 그런 것 같았다.

동민은 서점을 둘러보고 몇 권을 사서 나왔다. 서점 근처 카페로 옮겨 잠시 캐모마일티를 한 잔 시켜 마셨다. 카페에는 슈만의 피아노 소나타 1번이 흘러나오고 있었다. 바이올린의 선율이 피아노 음과 잘 어우러졌다. 동민은 시선을 창밖으로 두었다. 유리창 밖으로 프랑크푸르트의 야경을 감상했다. 가로등 아래로 잔잔한 비가 내리는 게 보였다. 사람들이 두 손을 머리에 얹고 가거나 우산을 구매해 쓰고는 바쁜 걸음을 옮겼다.

직원들이 카페 마감이 밤 10시까지라고 알려주고는 자리를 정리해나갔다. 테이블 위에 의자를 뒤집어 걸고는 바닥을 쓸기 시작했다. 동민은 가방과 서점에서 산 책들을 정리하고 일어서려는데, 구석에서 노트북을 접고 일어나는 누군가와 눈이 탁 마주쳤다.

운영이었다. 동민은 얼어붙었다. 노트북을 들고 일어나던 운영도 그만 멈춰섰다.

"동민아."

운영이 먼저 입을 뗐다. 동민은 천천히 다가갔다.

그들은 카페를 나와 비오는 거리를 잠시 걸었다. 비를 맞고 걷다가 운영이 가방에서 우산을 빼자 동민이 들어서 폈다.

"미국에서 책 출간했다는 거 알고 있었어."

동민이 먼저 어색함을 깨고 말했다.

"간호사로서 근무하던 일들을 쓴 게 소설의 시작이었어."

"여기 도서전도 작가로서 초청받아서 온 거야?"

"그건 아니고, 에이전트가 캐주얼 파티에 참석하자고 했는데 그냥 작품 쓰려고 아까 그 카페에 있었어."

동민은 고개를 살며시 끄덕였다.

"…우리 한국에서 그때 보고는 처음이지?"

운영은 말이 없었다.

동민은 말을 이어나갔다.

"도자마을에 관한 소설도 잘 읽었어…."

동민은 소설 『Memories of Peach Village』도 읽었다. 도서전에서도 미국 출판사 부스에 전시돼 있어 유심히 보기도 했다. 출판사 담당자들은 한국의 산골 복숭아 마을에 사는 소녀 이야기로 안내하고 있었다. 집안의 내력과 아버지의 죽음으로 핍박받는 삶을 소녀의 시선으로 애틋하게 그려낸 수작이라고 덧붙여 소개했다.

운영은 희미하게 웃었다.

"우리 저기 바에 가서 이야기 좀 더 할까."

동민이 가리킨 곳에는 밤늦게까지 여는 바가 있었다. 이야기할 시간이 있었다.

칵테일 바의 안쪽에 자리 잡고 앉아서 동민과 운영은 마주 보았다.

동민은 맥주를, 운영은 올드 패션을 시켰다.

운영은 글라스에 든 각설탕을 유리막대로 툭툭 쳤다. 그 위에 따로 나온 위스키를 부었다. 글라스에 끼워진 레몬 슬라이스를 한 번 짜주고는 입가에 잔을 가져가 댔다.

"위스키는 미국에서 조금씩 마셨어. 약국도 병원도 멀어서 한밤중에 몸이 안 좋으면 위스키 마시고 잔 적도 있어."

동민은 고개를 끄덕이다가 물었다.

"소설은 어떻게 쓰게 된 거야?"

"간호사 일을 하면서 힘들기도 하고 보람차기도 하고 한편으로 내가 맡은 환자가 돌아가시면 마음 한구석이 쓸쓸하기도 했었어. 그래서 하나하나 소설로 풀어나가다가 투고를 했어."

"그랬구나. 대견하다. 어머니는 어떠셔?"

동민의 물음에 운영의 얼굴 한구석에 그늘이 졌다.

"이제는 요양병원에 계시고 언니가 들여다보는데 늘 미안해. 간호사인 내가 아니라 언니가 엄마의 간병을 맡아왔으니까."

동민은 맥주를 한 모금 마셨다. 쓸쓸한 맛이 혀에 감돌았다. 그렇게 보고 싶었던 사람도 막상 앞에 나타나면 어쩔 줄 모르게 된다. 동민은 긴장되고 어려운 마음에 물어보고 싶은 것도 참게 되었다. 운영은 칵테일을 마시고 일어났다.

"가자. 나 내일 출국해."

동민이 진지하게 물었다.

"공항 가기 전에 잠깐 만날 수 있을까. 나는 내일 오후 비행기로 한국으로 가거든."

"나는 미국 뉴저지로 가. 그리고 점심 비행기라 시간이 없을 것 같아."

동민은 명함을 내밀었다.

"예전에는 011이었는데 이제는 010으로 번호가 바뀌었어."

운영은 명함을 받아 가방에 넣었다.

"운영아."

동민이 차분하게 말했다.

"내일 공항 스타벅스 카페에서 아침 일찍 잠깐 볼 수 있을까? 기다릴게. 그때처럼."

운영은 희미한 미소를 입가에 띠었다.

"시계탑처럼?"

"응."

운영은 동민이 내미는 손을 아스라하게 스치면서 짐을 챙기고 바를 나갔다. 동민이 계산을 하고 따라 나갔지만, 운영은 어디론가 사라졌다. 다음 날 동민은 짐을 챙겨서 일정을 마무리하고 바삐 프랑크푸르트 공항으로 가서 스타벅스에서 기다렸지만 운영은 끝내 오지 않았다.

동민은 식당에서 간단하게 식사를 한 후 짐을 부치고 면세점에 들어가 걸었다. 하염없이 무연한 시선으로 걷다가 출국 게이트 벤치에 앉아 이어폰을 끼고 음악을 들었다. 운영에게 건네주었던 1990년대 발라드곡들을 선별해 들었다.

〈유리창엔 비〉가 흘러나올 때는 시계탑 앞에서 바람을 맞고 자취방으로 찾아가 운영에게 다른 연인이 생긴 것을 알고 좌절했을 때 기억이 떠올랐다.

동민은 눈시울이 붉어졌다. 비행기에 타서는 눈을 감고 꿈속으로 들어가려 잠을 청했다.

운영과 뛰놀던 도자마을 꿈을 꾸게 된다면 더 바랄 게 없으리라.

도서전을 다녀온 동민은 직원들과 의논해 새로운 시리즈의 단행본 계획을 세웠다. 일본과 독일 부스에서 시니어들을 위한 많은 책들을 보았기 때문이다.

동민은 지치지 않고 일에 대한 열정으로 아픔을 씻어내렸다.

일본에서는 시니어들을 타깃으로 한 잡지나 단행본도 많이 있었는데, 죽음을 준비하는 과정, 가족에게 부담을 주지 않는 건강한 생활 시작하기, 스마트폰 활용하는 법, 자연스럽게 염색하는 법 등에 관해 세세하게 나와 있었다. 유럽도 시니어들을 위한 소설들이 많이 출간돼 있었다.

동민은 느낀 바가 많았다. 한국도 시니어들이 점차 많아진다. 그러면 그들을 위한 패션 잡지나 안내서도 나오는 게 맞다.

앞으로 출판은 사회 통합적 분위기로 가는 게 맞다는 생각이 들었다. 지금까지 작가나 출판사 기획 방향대로 책을 내왔다면 이제는 독자와의 거리를 좁혀서 독자들이 진정으로 원하는 책을 적극적으로 내는 게 맞다는 생각이 들었다.

동민은 시니어들을 위한 단행본을 만들기 위해 시니어 인플루언서를 알아보는 한편, 그들이 원하는 니즈는 무엇인지 리서치를 해보기로 계획을 세웠다.

그리고 서평단도 시니어들 위주로 꾸려서 그들의 의견을 적극적으로 들어보기로 했다.

한편 동민은 몇 년 전부터 장르 소설도 준비해서 출간했는데 그

소설 중 한 권이 부산국제영화제 스토리 마켓에 선정되었다. 동민이 책 홍보영상도 만들고 발표 자료도 잘 준비해 스토리 마켓에 참가했다.

출판, 웹툰, 웹소설 등 40여 개의 스토리를 홍보하는 회사 부스가 전시장에 차려지고, 수백 군데의 드라마, 영화, 게임 제작사 피디들이 미팅을 신청했다. 전시장은 엄청난 열기로 가득했다.

동민의 회사가 낸 부스도 100여 명의 피디들이 미팅을 신청해 부스에서 차례대로 그들을 맞이했다.

소설 스토리에 관심 보이는 피디들과 회의를 거듭했다. 이번에는 방송사에서 온 젊은 여자 피디를 만났다. 피디는 동민이 출판한 소설에 관심을 보이다가 이렇게 말했다.

"참 그런데, 대표님. 그레이스 강 작가의 『Memories of Peach Village』 소설을 아세요? 저 그런 분위기 드라마 기획해보고 싶어요. 한국에는 『복숭아 마을의 추억』으로 번역돼 있어요."

동민은 깜짝 놀라면서도 운영의 작품 이야기가 반가웠다.

"읽었습니다. 어떤 점이 좋던가요?"

피디는 동민의 질문에 입가에 함박웃음을 지으면서 답했다.

"과거의 예쁜 사랑 이야기, 변치 않는 사랑이기에 더 아름다운 소설인 것 같아요. 그리고 그레이스 강 작가님의 따뜻하고 부드러운 문체도 훌륭하구요."

동민는 미소를 지으며 고개를 끄덕였다.

동민은 스토리 마켓 미팅을 끝내고 먼저 서울로 올라가는 중이었다. 직원들이 남아서 정리를 하고 남은 미팅을 한 후에 오기로 했다.

기차에서 신간 책을 펴서 살펴보는데, 옆자리 앉은 사람이 물어보았다.

"어? 저 그 책, 인스타그램에서 본 적 있는데 재밌나요?"

대학생 정도로 보이는 여성은 동민에게 친근하게 말을 걸었다.

"우리 회사에서 최근에 나온 신간인데, 아직 반응은 잘 모르겠어요."

"어머, 출판사 계시는 분이세요? 저는 작가 지망생인데 반가워요. 엄마네 내려왔다가 서울 기숙사로 돌아가는 중입니다."

동민은 작가 지망생에게 책과 함께 명함을 주었다. 나중에 작품을 쓰면 투고해보라는 말과 함께.

기차를 타고 다니면서 말 걸기가 쉽지 않은데 책이라는 매개체로 즐거운 대화를 주고받았다.

동민은 새삼 자신이 몸을 담고 있는 직업이 얼마나 사람들에게 기쁨과 희망을 주는지 느껴보았다. 스토리 마켓에서 피디들과 열띤 회의를 하면서 문화의 새로운 트렌드와 동향을 알아볼 수 있었고, 피디들에게 드라마로의 스토리 확장성을 들으면서 책이 영상이라는 커다란 날개를 달면 더 많은 사람들에게 이야기의 재미가 전파될 수 있다는 것도 알게 되었다.

동민은 시대의 새로운 흐름과 방향에 대해 깊게 배울 수 있었다.

인생 이모작,

'고향의 봄'

🌢

회사의 직원들이 각기 다른 이유로 휴직과 퇴사를 하면서 동민은 기로에 섰다.

준비하고 있던 책들을 잠시 중단하고 회사를 쉬기로 했다. 동민은 정암면 행정복지센터의 소식을 SNS로 받아보고 있었다.

어느 날 구인글이 떴다.

정암면 행정복지센터에서 은향리 도자마을에서

일하실 계약직 직원을 뽑습니다.

나이나 성별, 학력 제한이 없습니다.

사회복지사 자격증을 보유하고 계신 분들을 환영합니다.

계약이 되면 위기가구나 노인가구를 방문하고

도움주는 일을 하게 됩니다.

많은 지원 부탁드립니다.

동민은 대학교를 졸업하고 엄마가 직장 가질 때 유리하다고 권해서 사회복지사 자격증을 따놓았다. 시험을 준비하고 응시해서 어렵게 딴 것이다. 부전공으로 사회복지 교과목을 이수해서 가능했다. 그 당시 현장실습이나 실무경력도 쌓았다.

동민은 행정복지센터에 지원했다.

몇 주 뒤 합격 연락을 받았다. 동민은 엄마와 수민을 만나러 간 자리에서 은향리로 내려가겠다고 말했다.

엄마는 처음에는 걱정했지만 감격스러운 얼굴이 되어 동민의 손을 잡았다.

"그래. 잘 생각했다. 고향에 가서 봉사하는 것도 좋을 것이다."

엄마는 나이가 드시고 많이 약해지셨다. 하지만 수민이 이웃에 살고 있어 안심이 되었다.

"오빠, 아직도 동네에 할머니들이 많이 살아계셔. 수군거리는 소리가 나와도 그러는가 보다 넘겨."

"응, 고맙다. 수민아, 네가 곁에 있는 덕분에 고향에 내려가 봉사할 기회가 생겼어. 엄마를 네가 잘 들여다 보니 안심이 돼."

"거기 내려가면 복숭아 보내요. 얼마나 먹고 싶었는데. 가장 좋은 걸로 보내."

"알았다."

동민은 밝게 웃으면서 말했다.

다음 날 동민은 은향리에 내려갈 계획을 세웠다. 빈 농가를 연세로 싸게 얻고, 짐을 싸서 차 트렁크에 가져다 두었다. 그리고 날을 잡아서 행정복지센터에 방문해 계약하고 여러 가지 주의사항을 들었다.

주무관이 살갑게 말했다.

"그렇다면 여기서 초등학교 4학년 때까지는 사셨다는 말씀이시죠?"

"네, 그렇습니다.

"참으로, 반갑네요. 사회복지사님이 이곳 물정을 잘 알아서 어르신들이 편하게 여기시겠어요."

"근무는 언제부터 할까요?"

"집은 구하셨나요? 다음 주부터 생각을 하고 있는데요."

"네, 구했습니다. 그럼 서울에서 남은 짐 챙겨서 다시 내려오도록 할게요."

며칠 지나 동민은 농가에 도착해 짐을 마저 부렸다.

미리 청소업체를 불러서 훈연으로 벌레를 쫓고, 싹 치워두어서 바로 입주할 수 있었다.

가방을 내려놓고 농가 마루에 앉아서 밖을 쳐다보았다. 예전 외갓집보다 규모는 작았지만 마당과 별채, 헛간이 있어 비슷한 느낌이 있었다.

마당에는 능소화가 피어 있고, 호박이 열려 있다. 동민은 호박을 몇 개 따서 저녁으로 된장찌개를 해서 먹었다. 밥을 짓다 보니 예전에 서울집에서 곤로에 밥 짓던 기억이 떠올랐다.

일곱 살이던가, 엄마는 봉제 공장으로 일하러 나가고 혼자서 심심해 밥을 지어보자 생각했다. 저녁에 들어오는 엄마를 위한 밥이기도 했다.

곤로에 쌀을 넣고 지었는데 그만 새카맣게 타버렸다. 물을 넣는 걸 몰랐기 때문이다.

퇴근 후 돌아온 엄마는 혼내지는 않았지만, 그날 시름에 잠을 잘 못 주무셨다.

동민이 혼자 있다가 화재나 사고 등으로 위험할까 걱정이 되었던 것 같았다. 그래서 동민이 원하기도 했지만, 엄마도 큰마음을 먹고 외갓집에 보내 수민과 같이 크게 한 것이었다.

동민은 아버지의 영정 사진도 떠올렸다. 이제는 무섭지 않을 것 같았다. 나중에 엄마에게 사진을 받아, 아버지의 명복을 빌 결심도 했다.

그렇게 시골집에 조금씩 마음을 붙이면서 어르신들을 돌보러 일을 나갔다.

혼자 사시는 분들 위주로 다녔는데, 어르신들의 안부도 묻고 식사는 제대로 하시는지 마을회관에는 갈 수 있는지 살펴보았다. 그리고 어르신들이 마을회관에 나올 시간이면 회관으로 가서 들여다보았다. 차가 없고 걷는 게 불편한 어르신들을 위해 대신 장 보는 업무도 맡았고, 병원에 모셔다 드리기도 했다. 휴대전화가 고장나면 서비스센터에 가져가 수리도 해다 드렸다.

한번은 용곤이 엄마와 마주치고 깜짝 놀란 일도 있었다.

마을회관에 나온 어르신 한 분이 동민을 보고 자꾸 "용곤이, 용곤이 친구." 하기에 무슨 일인가 했는데 용곤의 어머니였다. 치매 증세가 있지만 신기하게도 동민을 오랜만에 봤는데도 알아본 것이다.

동민은 남경에게 물어봤는데, 용곤이가 읍내에서 식당을 하면서 아침에 회관에 엄마를 모셔다 드린다고 했다. 그리고 중간중간 들러 돌본다고 했다. 낮에는 마을 어르신들이 같이 있으며 잘 보살펴 드린다고 했다.

동민은 오랜만에 용곤과 연락이 되어서 만났다.

용곤은 읍내에서 삼겹살 가게를 했는데 딸도 두 명을 낳았고 잘 살고 있다고 했다.

얼굴에 살이 오르고 배가 두둑한 그는 대패 삼겹살을 가져와 구워주었다.

"동민아, 네가 이렇게 멋지게 되어 고향에 다시 올 줄은 몰랐다. 야 정말 반가운데? 순정이, 남경이 결혼했다는 소식은 들었어. 나도 초대받았지만 와이프가 만삭이어서 못 갔지."

"그랬구나. 잘살고 있다니 기분이 좋은데."

"내가 오래전에 짓궂게 굴었던 게 있다면 미안해. 동창들 만나면 그 얘기부터 항상 먼저 한단다. 우리 엄마도 좀 그러셨고. 너 서운하게 그랬지."

"오래된 일인데. 괜찮다, 용곤아."

"순정이랑 남경이 결혼할 줄은 정말 몰랐다. 순정이는 깍쟁이라서 잘살 거야. 암."

"서울서 가끔 보는데 잘 살아. 아이도 낳고 알콩달콩 산다."

"동민이 네가 이렇게 사회복지사가 되어 나타날 줄 알았다면 우리 엄마도 그렇게 함부로 말하지는 않았을 텐데, 사람 일은 참 모르겠다."

동민은 어색함에 귀를 만졌다. 치이이익, 고기 익는 소리가 적막을 깼다.

용곤은 잠시 뜸을 들이다가 말했다.

"운영이는 미국에서 산다고 들었어. 근데 왜 너는 결혼도 안 하고 아직 혼자인 거야. 우리 딸들은 이제 고등학생인데."

동민은 머리를 긁적였다.

"글쎄 말이다. 아직 인연을 못 만났나? 하하."

용곤이는 회상하면서 말했다.

"네가 얼마나 대단한 사람이었는데. 공부도 잘하지, 지휘도 잘하지, 축구나 운동은 또 어떻구. 게다가 공기놀이도 네가 최고였어. 그리고 뜀박질도 1등이고 겁도 없고. 또 아이들을 얼마나 잘 통솔

했는데, 나는 네가 크면 대통령이나 장군 될 줄 알았다니까."

동민이 크게 웃었다.

"하하하."

"그래서 더 놀리고 그랬는지도 모르지. 우리 엄마도 시샘이 나서 그랬을 거야. 나는 공부도 못하고 그랬는데, 서울서 내려온 네가 갑자기 엄청난 실력을 보여주었으니까."

동민은 비가 자작자작 오는 가운데 용곤과 옛일들을 이야기하면서 추억에 젖어 들었다.

은향리에서는 몸은 고단했지만 마음은 편했다. 출판사 일도 다시 조금씩 해나갔다. 일은 평일에 휴가를 내서 올라오거나 주말에 처리했고, 전화나 이메일로 업무를 보았다. 책은 그런대로 팔려나가고 있었고, 주문이 들어오면 물류창고 관리자에게 연락해 출고할 수 있었다.

책을 기획해 판매까지 이어지는 일들은 무척 즐겁고 새롭지만, 한편으로 스트레스도 받았다. 늘 새로운 기획이 대중에게 잘 받아들여질지 고민의 연속이었다.

정신적으로 힘겨웠다. 하지만 지금은 조금 쉬는 상태이고, 디지

털 노마드로 살면서 휴가 아닌 휴가를 보내는 셈이었다.

업무를 마치고 밤에 들어와 가끔은 회사로 돌아가 새로운 책을 만들 꿈에 부풀기도 했다.

하지만 아침이면 다시 일어나 계약 기간 동안은 어르신들을 잘 보살펴드려야겠다는 결심을 다시금 굳게 했다.

그렇게 은향리 도자마을에서 동민은 새로운 삶을 살아갔다.

은향리에서의 조우,

'슬픈 표정 하지 말아요'

엄마는 많이 약해지셨다. 은향리에 와보는 게 소원이라 해서 수
민이 모시고 도자마을에 갔다가 병세가 안 좋아져서 얼른 서울로
올라와 쉬다가 기어이 집 근처 종합병원에 입원했다.

동민이 소식을 듣고 급하게 서울로 올라왔다. 도자마을에서 뵈
었을 때는 그래도 괜찮으셨다. 동민은 걱정이 되었다.

수민이 로비에서 동민을 보자 다가왔다.

"오빠, 일반 병실에 입원하셨어. 어지럽다고 하셔서 병원 모시고
왔는데, 혈당 수치나 혈압이 갑자기 안 좋아지셔서 입원을 권했어.
일주일은 경과를 봐야 한다니까. 그런데 엄마가 오빠한테 중요하

게 하실 말씀이 있대."

동민은 4층 병동으로 이동해 병실로 들어갔다. 엄마는 잠을 자지 않고 초조하게 누군가를 기다리는 중이었다. 동민이 다가가자 그제야 안심했다.

"괜찮으세요."

엄마는 동민의 손을 붙잡고 애절하게 말했다.

"이제는 괜찮다⋯ 것보다 할 말이 있단다. 이제는 운영이 만나도 된다. 외할머니도 간 지 오래고 나도 얼마 못 갈 것이고, 동네 사람들도 다 잊었다. 잊힌다. 그러니 운영이 만나도 된다."

엄마는 단숨에 말을 내뱉었다.

"엄마⋯."

동민은 흘러나오는 눈물을 주먹으로 훔쳤다. 막혔던 설움이 녹아내리는 것 같았다.

"운영이 만나는 날 오면 내가 미안했다고 전해주거라⋯."

"걱정하지 마세요."

"울지마. 이제 운영이랑 행복하게 살아⋯."

엄마는 그 말씀을 하고 잠에 빠져들었다. 수민이 다가왔다.

"오빠, 엄마는 내가 지킬 테니까 내려가도 돼. 오빠 너무 걱정하지 말아."

동민은 휴가를 내고 간병을 며칠 더 하고 도자마을로 다시 내려
갔다. 다행히 엄마는 퇴원하고 기력을 많이 회복했다.

동민은 어르신들을 자주 찾아뵈면서 그 사람의 살아온 이력이 얼
굴에 남아 있어 놀랄 때가 많았다. 평탄하게 사신 분들은 평온함이,
힘겹게 살아오신 분은 힘겨움이 인상에 그대로 남아 있었다. 동민
은 거울을 보고 나의 인상의 도장은 어떻게 찍히는 걸까 궁금했다.

이제는 운영을 그리워하면 생기던 연민의 감정을 자제하려 애쓴
다. 그래서 눈에는 활기가 넘치고 기쁨이 보인다. 특히 노인 분들에
게 기운을 주기 위해서라도 얼굴에 애써 미소를 짓고 웃고 다닌다.
서울에서 있을 때보다 표정이 더 밝아졌다는 이야기도 들었다.

오늘도 다른 날처럼 동민은 용곤이 엄마의 얼굴을 잘 씻어드렸
다. 마침 마을회관에 나와 있던 할머니들이 삼삼오오 몰려들었다.

"어쩜 사회복지사 선생님은 참 친절도 하지. 용곤이 엄마가 심술
궂은 사람인데 치매 오더니 더 괴팍해졌잖아. 그런데 복지사 선생
님 오시면 순한 양이 된다니까."

동민은 용곤이 엄마를 마을회관에서 마주치면 늘 얼굴을 잘 씻

어주었다. 용곤이가 식당을 운영하느라 바빠서 치매가 온 엄마를 마을회관에 모셔다드리고 가게로 나가곤 했다.

어르신들은 삼삼오오 모여 앉아서 사과나 단감을 깎아 먹으면서 수다 삼매경이었다. 동민은 일일이 안부를 물었다.

"어구, 다네 달아."

"그러니 단감이지. 저기 복지사 선생님도 잡숴봐요."

"감사합니다. 어르신."

"복지사 선생님 인물이 이리 훤칠하누. 어릴 때 여기서 자란 기와집 호랑이 할머니네 외손주 맞지?"

"네. 맞습니다. 어르신."

"아이구, 잘생겼다."

어르신들은 수다를 이어서 떨었다.

"그러니까 읍내 전당포 사장님 언니 말이야. 그 언니가 남자한테 사기를 당해서 갑자기 거지꼴이 됐다니까."

"아니, 나이 팔십 먹고도 여기 안 나오고 그렇게 돈 벌어야 한다고 돈 돈 해싸더니 왜 사기를 당해?"

"그게 열 살이나 어린 남자가 누님, 누님 하면서 다가오니까 돌아간 남편 생각이 났는지 홀라당 넘어갔대."

"옴마, 아니 근데 자기 왜 이리 이렇게 예뻐졌어."

"헤헤, 그래? 교회에서 하는 효도 관광으로 온천으로 다녀오더니 예뻐졌나? 투자하니까 다르지? 거기서 세신하고 마사지 받았다니께."

동민은 어르신들 수다를 들으면서 일일이 안부를 묻고 자리에서 일어나려 했다. 그때 구석의 어르신이 말했다.

"저어기 왜 은행 지점장 하다가 죽은 이 기억나?"

동민의 관심이 기울여졌다.

"알지, 그 집 딸 두 명이고 엄마는 남편 죽고 맨날 아프고 그랬잖아. 둘째가 미국으로 시집을 갔대나 간호사를 한대나 그랬지."

"어엉? 둘째 미국에서 이혼했다고 들었는데."

"그래, 그래. 그 집 말이야. 거기 둘째 딸이 엄마 보러 들어왔어. 그 아프던 이가 오늘내일한대."

동민은 일을 마치고 마을회관을 나왔다. 운영의 엄마가 편찮으신 것 같았다. 얼른 용곤이나 순정, 남경에게 물어보았다.

용곤이가 먼저 답했다. 정암면에서 고속도로 톨게이트 빠지는 길에 요양병원이 하나 있는데 여기 어르신들은 거기에 많이 입원한다고 알려주었다. 동민은 차를 달려서 용곤이 알려준 요양병원으로 향했다.

동민은 병원에 도착해 프런트로 갔다. 동민은 프런트 직원에게 친구의 어머니가 입원했다고 말했다. 직원은 기다려달라고 했다. 동민은 순정에게 전화해 급한 대로 운영의 전화번호를 받았다. 순정은 운영의 엄마가 아픈 데다가 마지막을 준비할지도 모른다는 전화를 운영에게서 며칠 전에 받았다고 털어놓았다.

동민은 떨리는 손으로 운영의 전화번호를 눌렀다. 잔잔한 음악이 들리고 "여보세요." 하는 목소리가 들렸다.

운영이었다.

동민은 잠시 침묵했다. 다시 "여보세요."라는 말에 동민은 입을 천천히 열었다.

"운영아."

상대방이 침묵했다.

"운영아, 나 지금 병원 로비에 와 있다. 어머니 뵙고 싶어."

운영이 잠시 후 대답을 했다.

"잠시 기다려. 내려갈게."

동민은 초조하게 기다렸다.

가족의 죽음은 홀로 견디기엔 너무도 크고 무겁다. 같이 있어 줄 누군가 필요하다.

잠시 후, 동민의 앞에 운영이 나타났다. 몇 년 만인가. 프랑크푸르트도서전에서 만나고 나서 얼마만에 만나게 된 것인가. 동민은 운영의 모습을 보고 과거로 돌아가 복숭아꽃이 핀 마을을 선연하게 보았다.

산 너머 풍경을 그리던 운영이가, 빨간 모자를 쓰고 같이 썰매를 타던 운영이가, 자전거 뒤에 앉아 같이 읍내로 가던 운영이가 바로 지금 동민의 앞에 서 있는 것이다.

운영은 하얀 방호복을 입고 있었다.

"동민아… 어떡하지? 엄마가 돌아가실 것 같아."

"어떻게 하면 되지? 내가 들어가 뵐 수 있을까?"

동민은 병원 관계자의 허락을 받고 하얀 부직포로 된 방호복을 받아서 입고 운영과 같이 임종실로 들어갔다. 운영의 언니가 지키고 있었다.

그녀는 동민에게 눈인사를 보냈다. 눈에서 큰 슬픔이 엿보였다.

동민은 운영의 엄마에게 인사를 건넸다.

"어머니, 기억하시겠어요? 어릴 적에 운영의 단짝 친구였던 서동민이라고 합니다."

운영의 엄마는 누운 채 미동도 없었다. 다만, 온갖 줄로 연결된 의료기기에서 신호가 낮게 잡히는 걸로 보아 시간이 얼마 남지 않았다는 걸 짐작할 수 있었다.

동민은 아버지의 임종을 지켰던 일을 기억해냈다. 집으로 구급대가 와서 병원으로 옮겼지만, 아버지는 돌아가셨다.

그때 정말 돌아가실 줄은 몰랐다. 수술과 긴 치료 끝에 퇴원해 회복하던 중이었고, 아침만 해도 잠을 늦게까지 주무시는 줄만 알았다.

그런데 돌아가신 것이다. 그렇게 죽음은 누구도 예견할 수 없는 일이란 걸 깨달았다.

운영이 울면서 엄마의 손을 붙들고 말했다.

"엄마, 엄마. 미안해, 미안해. 흑흑."

동민이 운영에게 나직하게 말을 건넸다.

"운영아, 사랑한다고 말씀드려. 들으실 거야."

운영은 엄마의 손을 잡았다. 그리고 귓가에 대고 제법 큰 소리로 말했다.

"엄마, 사랑해. 사랑해요. 좋은 데로 가서 아빠와 편하게 지내요."

운영의 엄마는 운영이 그 말을 마치자마자 임종했다.

운영과 언니는 울음을 터뜨리고 오열했다. 동민은 운영을 안고 같이 애도했다.

잠시 뒤 진정한 후에 병원에서 장례 절차를 안내하고, 동민은 용곤과 남경, 순정에게 연락했다. 동민은 부고장에 들어갈 문구를 작성하고, 운영에게 확인을 부탁했다.

운영은 정신을 차리고 빠르게 돌아가는 장례 절차를 언니와 의논했다. 뒤이어 운영의 형부가 달려와 장례식장을 알아보았다.

동민은 용곤에게 근처에 장례식장 중에 비어 있는 곳이 있는지 물었다.

장례식장을 잡는 걸 용곤이가 도와주었다. 동민은 순정과 남경에게 동창들에게 부고장을 돌려달라고 부탁했다.

운영의 언니 부부가 상주가 되고 운영은 상제가 되었다.

동민도 동분서주하면서 식장에 제사상을 올리고 손님들이 조문 오는 걸 도왔다. 부의함을 맡을 사람이 없어 남경이 대신 맡았고, 순정은 손님 접대를, 동민은 장례에 관련되어 여러모로 도왔다.

초등학교 동창들이 속속들이 조문을 오면서 운영도 마음이 많이 진정되어 손님 접대를 차질없이 했다.

그날 밤, 손님들이 돌아간 뒤에 운영이 동민을 조용히 불러냈다.

"2일장으로 하기로 했어. 오늘 입관했으니 내일 발인하고 바로 공원묘지로 가려고. 동민아… 너 아니었으면 이렇게 하기 힘들었을 거 같아. 정말로 고마워…."

동민은 운영의 눈을 조용히 들여다보았다.

"마음은 괜찮아?"

"…응. 그렇게 아파서 우리 힘들게 하던 엄마인데 왜 이렇게 쓸쓸한지 모르겠어. 아빠 때도 그랬는데 지금도 그러네…."

동민은 운영을 살짝 안고 다독였다.

"괜찮을 거야. 다 괜찮아질 거야…."

운영이 나직하게 말했다.

"가끔 생각해… 그때 내가 너와 헤어지지 않았다면, 아니… 내가 그렇게 너를 떠나지 않았다면 지금 어땠을까."

동민은 고개를 저었다.

"후회하지 마. 과거는 어떻게 해도 바꿀 수는 없는 것 같아."

동민은 운영의 손을 잡았다. 그는 운영을 진지하게 보았다.

"이제는 괜찮아. 엄마가 허락하셨어, 우리 만나는 거… 운영아, 너를 사랑해. 다시 시작하고 싶어."

동민은 그간 운영에게 진지하게 하고 싶었던 말을 그제야 꺼냈다. 하고 싶었던 말이었다. 평생을 걸쳐서 하고 싶었던 말이었다. 아니, 사실은 집안의 허락보다 더 중요한 것은 동민의 변하지 않는 진심이었다.

어찌 보면 그 진심이 굳건했다면 지금과 같은 현재는 아닐 것이다.

하지만 중요한 것은 바로 지금이다. 동민은 진심으로 운영을 다시 만나고 싶었다.

동민은 떨리는 마음으로 다시 말을 이어나갔다.

"바로 대답하지 않아도 돼. 어머니 장례를 치르고 마음이 안정되었을 때 다시 만나고 싶어. 내가 서울에서 다시 회사를 본격적으로 열면서 일을 해도, 네가 미국으로 돌아가 간호사로서 혹은 작가로서 다시 살아가도 돼. 그때 다시 말을 해줘도 돼. 앞으로 미래를 보면서 다시 시작하고 싶어. 지금 내가 너에게 할 수 있는 말은 그거야."

운영의 눈시울이 붉어졌다.

운영은 작게 흐느꼈다. 누군가 나와 보았다. 운영의 언니였다. 그녀는 동민과 운영이 있는 걸 보고 조용히 장례식장으로 들어갔다.

한 달 후, 동민은 서울로 올라와 출판사를 본격적으로 열었다.

한강 작가의 노벨문학상 수상 이후 한국 출판계는 활기를 띠었다. 전 세계에서 한국 문학에 대한 관심이 높아지고 판권 문의도 자주 왔다. 이제는 해외 문학을 소개하는 것이 아니라 한국 문학을 번역해 외국에 소개하는 일이 주 업무가 되었다.

동민은 시니어들을 위한 책들을 드디어 완간했다. 그동안 작가를 찾느라, 어르신들을 인터뷰하느라 동분서주했는데 다 이루어냈다. 디자인과 사진 자료도 찾아서 넣고 의학 지식이나 시니어 패션 자료 등도 모아서 챕터마다 다양한 주제로 글과 삽화, 사진을 넣어 편집했다.

책이 세 권이나 되어서 출간 이벤트를 고민했는데, 순정과 남경에게서 좋은 소식이 왔다. 순정은 시니어 의류 디자이너를 알고 있다면서 협업을 제안했고, 남경은 성수동에서 대여 공간을 운영하는 대표를 아는데 적정한 가격에 간단하게 인테리어를 해서 팝업 스토어를 열자고 했다.

동민은 비용이 많이 들까 걱정했지만, 지금까지 자신의 출판사에서 낸 책들을 전시할 수 있고 판매가 가능하다고 해서 응했다.

한 달이 지나 성수동에서 시니어들을 위한 책을 소개하는 팝업 스토어가 드디어 열렸다.

출판사의 역사와 연혁, 그리고 동민과 직원들 얼굴을 일러스트로 그린 작품이 벽에 걸렸다. 그 안쪽으로 들어가면, 그동안 출판하고 기획한 책들이 전시돼 있었고, 마지막 공간에 새롭게 출간하는 시니어를 위한 책들이 탑으로 쌓여 있고 판매와 홍보를 하고 있었다. 서평단으로 참여한 시니어들이 여러분 오셔서 격려하면서 책 칭찬도 많이 했다.

동민은 감격했다. 그간 지나온 20여 년의 세월이 헛되지 않은 것 같았다.

그리고 미리 SNS에 홍보하고 지인들과 업계 관계자들을 많이 불러 홍보도 도움이 되고 판매도 꽤 되었다.

동민도 팔을 걷어붙이고 직원들의 책 판매를 도왔다. 남경과 순정은 손님들에게 안내하는 역할을 했다.

그날 행사로 동민은 친구들과 주변 지인들의 고마움을 톡톡히 느꼈다.

망원동에서 목련차 한 잔,
'사랑하기 때문에'

동민은 점심시간이 되자 회사에서 나와 망원역으로 뛰어갔다. 운영에게서 연락이 왔다. 장례식장 이후 미국에 돌아갔다고 들었는데 연락이 온 것이다. 운영은 한국에 와서 일주일간 머물다 간다고 했다. 출판사 담당자와 오디오북 담당자 그리고 출판 에이전트들을 만나고 가고, 마지막으로 하루 시간이 나는데 동민을 보러 온다고 했다.

동민은 그간 행정복지센터에 계약직으로 일하던 사회복지사 일을 완전히 마치고 다시 서울로 복귀해 회사를 열었다. 성수동 전시회에서 성공을 거두어서 회사를 대대적으로 열 수 있었다. 새 직원들도 뽑았다. 집 앞에 농사하던 텃밭은 용곤이와 마을 어르신들에게 부탁했다.

한국의 출판 문학계에 노벨상 수상으로 훈풍이 불면서 해외 에이전시 바이어들에게 저작권 문의도 오고 오퍼도 들어왔다.

오늘은 운영과 약속을 잡았던 날이다. 동민은 망원역 1번 출구에서 초조하게 운영을 기다렸다.

망원역으로 나온 운영을 동민이 바로 보았다.

"운영아!"

운영은 동민을 보고 환한 표정을 지었다. 트렌치코트를 입고 숄더백을 맨 운영은 동민에게 다가왔다.

"우리 회사에서 맛있는 데가 있는데 골라봐. 한정식집이나 일식 그리고 매운 갈비찜이 있는데…."

"나 매운 거 먹고 싶어."

"그래, 가자."

동민은 운영과 갈비찜 식당으로 들어갔다. 운영은 트렌치코트 안에 하얀 셔츠를 입고 있었다.

갈비찜이 나오자 동민은 고기를 덜어서 운영의 앞으로 놓아주었다.

"어서 들어."

운영은 젓가락으로 갈비를 들다 국물이 셔츠에 튀었다.

"아차차, 여기 앞치마 가져다주세요."

운영은 물티슈로 셔츠에 튄 국물을 조심스레 지워나갔다.

운영은 매운 갈비찜을 잘 먹었다.

둘은 식사를 마치고 근처 새로 문을 연 카페로 자리를 옮겼다.

카페 안에는 장미, 목련, 구절초 꽃잎들이 유리병 안에 들어 있었
다. 메뉴에는 각종 꽃차들이 가득 있었다.

운영이 친근한 어조로 사장에게 물어보았다.

"꽃잎을 직접 따서 차를 내시나요?"

50대의 중년 여자 사장은 고개를 저었다.

"아니오, 유기농으로 재배하시는 분이 납품해주세요. 목련꽃은
우리가 딸 수가 없답니다. 호호호."

운영은 장미차, 동민은 목련차를 마들렌, 유자 케이크와 함께 시
켰다. 식사비를 동민이 내어서 차는 운영이 산다고 우겼다.

사장은 티팟 두 개에 각각 목련과 장미꽃잎을 담아서 가져왔다.

주전자는 두 개, 유리잔은 네 개였다.

운영이 물었다.

"왜 잔이 네 개나 되죠?"

"차를 우려서 여기 큰 잔에 따르시고 조금 식힌 다음에 여기 작은 잔에 따라 드시면 됩니다."

운영은 사장이 가르쳐주는 대로 큰 잔에 따르고 조금 식힌 후 작은 잔에 차를 따랐다. 카페에서는 유재하의 〈가리워진 길〉 〈사랑하기 때문에〉 등의 노래가 잔잔하게 흘러나왔다.

동민은 목련차를 맛본 후 말했다.

"그윽하고 향긋하네. 쏘는 맛도 있고."

"장미차는 장미 향이 정말 잘 살아 있어."

운영은 카페 밖 작은 정원을 내다보았다. 푸릇푸릇한 화초들 속에서 붉게 타는 단풍나무잎 그리고 나무 기둥을 타고 올라간 나팔꽃 덩굴이 인상적이었다.

"한국은 참 예뻐. 미국의 한적한 뉴저지보다는 더욱 활기차 보이고 예쁘고 정감이 있어. 은향리 도자마을은 말할 것도 없고."

동민은 고개를 끄덕였다.

"한국에서의 일정은 잘 마친 거야?"

"응. 출판사 계약도 잘 했고 번역가분과 만나서 작품에 대한 이야기도 했고. 동민이 넌 은향리에서 사회복지사로 일했었잖아. 지금은 출판사로 복귀한 거야?"

"계약도 종료됐고 텃밭은 마을 어르신들에게 부탁했어. 지금은 한국 문학을 세계에 널리 알리고 싶어."

운영이 미소를 지었다.

"언젠가 나한테도 그 기회를 줄 수 있어? 이제 한국어로 글을 쓸 거야."

동민은 고개를 슬쩍 끄덕이며 미소를 지었다.

"동민이 네가 내 소설을 낸다면 정말 내가 쓰는 글을 더 잘 이해할 수 있을 거 같아서 그래. 우리의 추억 속에 도자마을을 뺄 수 없잖아. 내가 글 쓰는 토양이자 밑거름이 되었고, 뿌리내린 아름다운 곳이야. 물론… 그 속에는 빛나는 만큼 그림자가 있지. 윤슬이 태양 아래 반짝이기까지 수천 번의 파도가 밤새 치는 것과 같아."

동민은 운영과 눈을 마주치고는 공감하는 눈빛을 보냈다.

동민은 가방에서 오래전 키노쿠니야 서점에서 사온 오르골을 꺼냈다.

"도쿄국제도서전에 갔을 때 서점에서 산 오르골이야. 선물로 사 두었는데 지금에서야 건네게 되네."

운영은 미소 지으면서 오르골 상자를 열었다. 운영은 오르골의 태엽을 천천히 감았다. 태엽이 풀리면서 피아노 모양의 오르골에서 〈고향의 봄〉이 흘러나왔다.

운영은 살짝 미소를 지으면서 부끄러운 표정을 보였다.

"나 사실 고백할 게 있어."

"어?"

"온라인에서 책들을 검색하다가 네가 낸 책들 리뷰도 보고 그랬어. 그러다가 네가 온라인 쇼핑을 하고 리뷰 별점을 주는 걸 알게된 거야. 네가 본명으로 가입을 했으니 안 들여다볼 수가 있어야지. 정말 어쩌다가 알고리즘을 타고 간 거거든. 그런데 거기에 네가 쇼핑한 물건들에 모두 별점 다섯 개를 주는 걸 보게 되었지."

동민은 웃었다.

"상품을 만드는 사람으로서 제조업자들이 얼마나 힘든지 아니까 화장품이든 주방용품이든 청소용품이든 별 다섯 개 올려줘. 좋은 품질이면."

운영은 회상하듯 말했다.

"외로운 미국 생활에서 가끔 그 쇼핑목록을 보는 게 낙이었어. 오늘은 네가 애프터 쉐이빙 로션을 샀구나, 그리고 어제는 레드향 귤도 샀구나. 그리고 지난주에는 발라드 LP판도 샀구나, 생수도 사고 커피 원두는 이 제품을 사는구나. 정말 미안해. 개인적인 쇼핑물품을 들여다보았어."

동민은 운영과 시선을 맞추었다.

사랑이라는 감정, 그리워한다는 마음은 혼자만의 것이 아니었다. 가끔 밤하늘의 별무리를 바라보다가 운영을 떠올릴 때면, 운영도 자신을 아주 조금은 그리워하고 있지 않을까 하는 생각이 들었다. 텔레파시라도 있다면 알 수 있겠지만, 동민으로서는 그저 짐작할 뿐이었다.

그런데 운영은 어쩌다 알게 된 쇼핑목록으로 동민의 일상을 짐작했다고 하니 새삼 신기했다.

목련차의 느긋한 향, 장미차의 홀리는 향이 어우러져서 카페 안은 하나의 추억공간이 되었다.

동민은 눈앞의 운영에게서 도자마을의 소녀 강운영을 보았다. 큰 눈, 굳게 다문 입매, 양볼에 가끔 떠오르는 홍조와 양 갈래로 땋은 머리에 빨간 모자와 코트, 운영은 지금 30년이 넘는 세월을 훌쩍 뛰어넘어 동민의 앞에 앉아 있다. 오르골 태엽이 다 풀어지고 소리가 멈추었다.

마침 카페에는 유재하의 〈그대 내 품에〉가 흘러나왔다.

먼 길을 돌아 과거의 그리운 추억을 공유하는 사람과의 티타임은 정말 행복했다.

운영이 은은한 꽃차 향을 맡으면서 말했다.

"예전에 너 군대 가기 전에 다 같이 해운대로 여행 간 거 기억나?"

"어? 기억나. 운영아."

"그때 일출 바라보면서 다시 다 같이 오자고 했잖아. 우리 그러자."

"그래. 정말 즐거웠잖아. 순정이 남경이 아이도 데리고 가야지. 그때 바다를 보고 약속했으니까."

운영과 동민은 카페를 나와 함께 거리를 걸었다. 동민은 운영을 인도 쪽으로 걷게 하고 자신은 차도 쪽에서 걸었다. 날이 화창했다. 뭉게구름이 서서히 오가는 아름다운 날이었다.

동민과 운영의 손이 슬쩍 스쳤다. 동민은 천천히 운영의 손을 잡았다. 따뜻한 온기가 느껴졌다. 운영은 동민을 바라보았다. 동민도 운영을 보았다.

둘은 천천히 껴안았다. 잔잔하고 애틋한 마음과 함께 설레는 마음이 깃들었다.

아주 오랜만에 만난 연인들처럼. 그리고 곧 사랑을 시작하는 연인들처럼 오래도록 껴안고 있었다.

작가의 말

처음에는 출판사 기획팀 중 한 분의 제안을 받고 소설을 시작하였습니다. 그분은 자신의 과거 집안의 내력과 이루어지지 못한 첫사랑에 관해 이야기를 들려주고 싶다고 했습니다. 저는 카페에 앉아 세 시간 동안 노트와 만년필을 가지고 이야기를 적어나갔습니다. 그리고 소설로 발전시킬 수 있을지 확답은 못 드리겠다고 했습니다.

왜냐하면 이야기 소재를 얻어도 그걸 내 안에서 소화해내지 못하면 작품으로 탄생하지 못하니까요. 며칠을 노트를 놓아두고, 일주일 후에 다시 들추어 보았습니다. 처음에는 집에서 그리고 카페로 가져나가서 밖에서도 메모한 자료들을 곱씹어 읽어보았습니다.

재미있는 한 편의 작품으로 될 것 같다는 생각이 들었습니다.

제가 지나온 한 시대가 공유한 이야기들이었습니다. 80년대 후반과 90년대를 관통하는 음악, 라디오 프로그램, 문학 작품들, 음식들, 여러 추억의 장소들, 그 시대의 고유한 정서와 집안 어른들, 가족 이야기들을 저도 생생하게 겪었고 기억하고 있었기 때문이니까요.

요즘 젊은 세대들에게서 8090년대의 음악과 분위기, 패션이 유행하고 있습니다. 레트로 물결 아래 LP판도 수집을 하는 유행이 있고요. 그 시대는 군사독재와 X세대나 오렌지족 등의 새로운 물결이 부딪치는 시대였습니다. 극렬한 명암이 존재하는 시대라 더욱 매력적이고 흥미로운지도 모릅니다. 그 시기를 지나는 소녀와 소년의 사랑 이야기를 복고주의 열풍에 맞닿아서 잘 풀어보았습니다. 영화 〈클래식〉 〈써니〉 〈친구〉처럼 과거의 추억을 불러오는 이야기를 만들어보고자 했습니다. 그리고 황순원 작가님의 「소나기」처럼 아름다운 이야기를 만들어보고 싶었습니다.

처음에는 자료 조사를 하면서 유튜브로 80년대나 90년대의 거리 복원 영상과 음악을 찾아 들었습니다. 저도 과거의 기억 속으로 빠져들어가면서 동민과 운영 그리고 남경, 순정 등의 친구들 이야기로 깊이 들어가게 되었습니다. 영원한 클래식 유재하의 음악도 함께하였죠. 그 외에도 너무도 멋진 음악들은 글 쓸 때 내내 들었습니다.

저도 어릴 때 서울의 독산동에서 소가 지나다니는 길에 붙은 이층집에서 살았습니다.

그 길이 시멘트가 씌워지고 콘크리트 길이 되면서 신작로가 되었습니다. 그 길에 다니는 버스로 중고등학교를 나오고, 대학교도 나왔습니다.

전철을 타고 다니면서 명동의 미도파 백화점, 고속터미널의 뉴코아 백화점도 가보고, 여의도 광장에 가서 자전거도 타고 롤러스케이트도 탔습니다. 새로 나온 컵라면을 사이다와 함께 맛보기도 했죠. 그 친구들이 이제 모두 쉰 살이 넘었습니다. 추억을 그리워하면서 유튜브 과거 영상에 댓글로 소통하기도 합니다.

어렵고 힘든 시기였지만 희망이 있고 열정이 있던 시대이고 치열한 노력을 하면서 살던 멋진 시대였습니다. 그 저력으로 지금의 한국이 있고 K-콘텐츠들이 만들어진 겁니다.

출판사 기획팀 중 한 분에게서 구술로 들은 재미있는 자전적 사랑 이야기는 소설로 발전되었습니다.

새로 지은 널따란 길로 사랑하는 친구를 만나러 가기 위해 나아가는 소년의 이야기를 접하는 독자분들이 모쪼록 과거로 회귀하면서 추억과 마주하는 진기한 경험을 하시기를 염원합니다.

　　가상의 마을 정암면 은향리 도자마을에서 분홍빛으로 핀 복숭아꽃을 보는 기시감을 느끼면서 이 소설을 접하시기를 바랍니다.

　　꽃잎이 날리면서 저만치서 비를 맞고 뛰어오는 소년, 소녀의 모습을 보실 수 있을 겁니다.

2025 가을

작업실에서 김재희